文芸社セレクション

家康の秘密　第二弾

岬　陽子

文芸社

目次

家康の秘密　第二弾

昨年愛知県名古屋市の某大学を卒業した雨宮美千代(あまみやみちよ)は、現在市内の1LDKアパートに住む一人暮らし女子である。

本籍は東京都にあり、両親と弟の四人家族であったが生まれてからこの方、何故か三百キロ以上も遠い名古屋市に御縁があった。

その御縁はというと、一昨年の春頃就活中に名古屋市郊外に位置する歴史博物館館長から直々に電話がありスカウトされたことにある。

しかも大学そのものは東京都近郊が良かったのだが、どれも残念ながら不合格で名古屋市に落ち着いたという経緯なのだ。

それでも就職は東京でという両親の要望もあり山手線でせっせと就活中に、あろうことか名古屋市のその館長から携帯に直接電話が掛かってきたのである。それで結局名古屋市に呼び戻される結果になってしまった。

とはいえ美千代も元々日本史が好きで学芸員の資格も取っていたので言わば渡りに舟でもあった。それに面接後に博物館の内外を見学させて貰い自分でも気に入り納得の上決めたのである。

建物の敷地はというと五百坪あるかないか。

その種の会場としては余り広くはないが建てられている和風の平屋造りは名古屋城の一部分、西の丸御蔵城によく似ていた。

立地場所としては、古くは徳川家由来の神社か社務所跡に建造されたという。その所為で何百年もの昔からの歴史的価値ある品々、立派な調度品や鎧兜、その資料などが所狭しと陳列され、貯蔵されている、『公ではないが、知る人ぞ知る由緒ある記念博物館で観光の穴場となっている』などと館長は説明してくれた。

しかし後になって館長の助手、補佐役である三上福子（みかみふくこ）が言うには、盗難防止の為、殆どの高価なるお宝は特別製のレプリカなのだそうだ。

だが知る人ぞ知るという珍しさもあってか土、日曜日、祝日などには結構な数のツアー客、見学客が訪れている。

その館内で働くスタッフとしては美千代や他の学芸員事務員を含め総勢八名、そして館長の名は하준（ハジュン）さんといいこの日本的な博物館には珍しく韓国人であった。七十歳近い貫禄ある紳士であるが、日本語は堪能で皆親しみを込めてハンさんと呼んでいる。

仕事は充分気に入っているし明るい雰囲気の職場でもあるが、何せ自分は今までの

ところ一番の新米スタッフで周りは先輩ばかり、仕事に慣れるまでは学ぶべきことも
あり気苦労も多かったのである。
当然見学客のガイド指導などは三上が親身になってしてくれたが、彼女はここでは
一番の古株で年齢は六十歳前後らしく、お局様と呼ばれていた。
その他に三歳年上のスタッフである、若杉光明がいて初めから何かと分かり易く助
言し相談に乗ってくれていた。彼は名古屋市生まれ在住で、大学院を出て博物館学も
取得している優秀な人材であったが、その割には偉ぶらずのんびりした性格で美千代
にしても取っ付き易かったのである。
それから半年後、仕事にも慣れ余裕が出てきたある日、若杉と互いに同じ歴史小説
を愛読していると分かり、意気投合し個人的に打ち解けられる関係となった。
しかもよく話を聞いてみると、どちらもが就活中にハンさんから熱心な電話攻撃を
受けスカウトされたのだという。
そんな偶然の共通点もありその上何処か相性も良かったのだろう。
若い二人の気持ちが結婚を前提とした真面目な恋愛感情に発展するのに、それ程長
い時間は掛からなかったのだ。
運良く同じ職場なので仕事帰りに時々待ち合わせて一緒にお茶したりしていたが、

それでもお互い忙しい身で擦れ違いも多く、意気投合といってもラブラブデートにまでは至っていなかった。

しかしそんなある夜になって光明から美千代に電話があり、改まっての食事の誘いとなったのである。

「遅くなってゴメン。急なんだけどね。明日は仕事も一段落して定時には終われそうなんだ。

ゆっくり話も出来そうだから晩御飯位一緒にどうかな？　勿論僕が奢りますよ」

「本当？　嬉しい！　全然大丈夫！　何時ものお店でいいのね？　じゃあ明日なら多分私の方が早く行けると思うわ」

何時ものお店というのは博物館前の道路を挟み、そこから見て斜め左側にある和風ミニレストランだ。ディナーだけでなく早朝からモーニングサービスもやっていて、料理はシンプルだが二人にはお気に入りのスポットになっている。

尤も勤め始めてすぐにお局様に教えて貰い紹介されたのだが、それは光明も同じだという。

とはいえ店の位置が賑やかな本通りではないし、洋風好みの今時の若者には人気が今一なのか？　見たところ平日の夜などは大抵客足が少ない。それゆえリラックス出来る窓際の特等席も取れるのである。

美千代が一足先に来てその特等席で待っていると十分後には光明も現れた。席に着くとすぐに、和風ステーキがメインのフルコースを注文してくれた。それからゆっくり食べ始めた時のことだ。

「実は最近母さんに色々言われてね。良縁は早いに越したことはない。とか善は急げとか。そう言われても今更改まってプロポーズなんていうのもこっ恥ずかしいよ。だから近い内に一度僕ん家へさ。何、気軽にでいいから遊びに来てくれないかと思って」

交際し出してから初めてそんな話を持ち出したのである。

「但し本音を言うと住居は二階建てとはいえ古くてもうボロボロなんだ。でも僕は長男だし結婚したら同居して欲しいって両親に頼まれてて困ってる。僕の予定では暫くは二ＤＫのマンション位でいいと思ってるんだ」

以前から時々二人の話題には上っていたが、随分と昔から続く由緒ある家柄で父親は婿養子なのだそうだ。

「アラッ、それなら御心配なく。私はマンションより古い家でいいのよ。何故か子供の頃からお寺とか神社、昔のお城、そんな古めかしい日本建築が大好きで懐しいというか心が落ち着くわ。今の博物館に決めたのもそんな自分にピッタリで居心地が良さそうだったからなの。

　だけど両親の方は最初、東京から態々そんな田舎へ行って就職しなくても。なんて反対したけどね。

　今はもう諦めたのか。上手く自立も出来てるので、却って応援してくれているわ。

光明さんの話もしたら喜んでくれたし。だから両親は大丈夫よ」

「本当？　じゃあ僕もその内一度は東京へ御挨拶に行かないとね。

　それなら次の日曜日、休館日ならどう？　時間は君の都合に合わせるし駅まで迎えに行くよ」

「エエ、大丈夫よ。でも午前中は多分買い物もあるしバタバタしてるから一時過ぎにして貰っていいかしら？」

「分かった。勿論だよ。母さんにもそう伝えておくし。それじゃあ月曜日までに時間もあるし。気になっている調査案件を一つ片付けるとするか」

「エッ？　気になる調査案件って何？　弁護士さんじゃあるまいし？」

「ハハハ、嫌ゴメン冗談だよ。そんな大袈裟な用事じゃないんだけどね」

　光明は何でもないという様に首を横に振り苦笑したがそれ以上は口を噤んだ。というより御馳走がドンドン運ばれてきて話より食べる方が忙しくなってきたからである。

その後は美味しい和風料理に夢中になり、今読んでいる歴史小説がどうのとか仕事が面白いとか面白くないとか、そんな雑談ばかりしながら楽しく、ゆっくり寛いだ。

そしてその後デザートの高級フルーツ盛りも完食した二人が店を出た時は夜九時過ぎになっていた。その後何処へ行くでもなく生真面目な光明は遅くなって申し訳ないと言い、美千代をタクシーでアパートまで送ってくれたのだ。

「御馳走様。じゃあ明日又ね」美千代も何時もと変わらず明るい笑顔で手を振ったがそれは絵に描いた様に幸せな愛し合う二人の姿であった。実際出会いから一年もせずに結婚へ向かう話は上手くトントン拍子に進んできた。

それも普通一般には社内恋愛は禁止という場合もあるが、何故かここでは自分達の結婚は歓迎され、見守られている様にさえ感じていた。

館内のスタッフは勿論、館長やお局様も、二人の様子を見てとっくに気付いている筈なのだがむしろ温かい目で？　それとも見て見ぬ振りをして許しているのか？　とにかくもしも社内結婚という話になっても反対されることはないだろう、と美千代はポジティブに考えていたのである。

しかもその流れのお陰で今回は初めて光明の両親に紹介され顔を合わせるのであっ

た。

　とはいえ少し緊張するし心構えも必要だと思う。何となく今までよりソワソワした落ち着かない気分になった。

　ところがその二日後、顔合わせ話を切り出した当の光明とは急に連絡が付かなくなってしまったのだ。

　東京の両親に詳しく伝えたいこともあり、夜九時から深夜まで何度もスマホで連絡したが出てくれない。

　スマホはオフになったままでしかも何故かその翌日以後博物館にも出勤せず顔も見られなくなってしまった。

　その為話もそのまま中途半端の状態になってしまっていた。

『おかしいな？　どうしたのかしら？　館長に頼まれて急な出張とか？　それにしてもこんな時に全く連絡が取れないなんて？』

　時々は展示する予定のお宝情報があると館長の代理で県外へも出張すると聞いていた、仮にそうだったとしてもスマホに自分の着信が入れば今までは必ず後で折り返してくれていた。

　ところがそのまま又二、三日が過ぎたが彼からは何の連絡もなく美千代は流石に不安になってきた。

　四日目になるとそんな気持ちに耐え切れなくなり、帰宅時間になってお局様にそっと声を掛けてみた。

「あのう三上さん、お疲れ様です。それでちょっとだけいいですか？　若杉さんなんですけど、ここ三、四日お休みしてる様ですけどそのことで何か御存知ないですか？」

　お局様は何かと口煩いなどという評判も耳に入ってはいたが、美千代にはそんな素振りも見せず親切に接してくれていたので思い切って聞いてみた。

「アラッそう？　担当部署が違うので何とも言えないけどそう言えばここ数日間擦れ違ってもいないわね？　でも展示品の買い取り予定もここ暫くはないと思うし出張ではないんじゃない？　館長に聞いてみないと分からないけど？　でももし他に何か心当たりがあるとすれば？」

　三上は何か閃いた様に指をパチンと鳴らした。

「何か心当たりがあるのなら教えて貰えませんか？　スマホで連絡も取れなくて心配なんです」

「そりゃ、貴方にも連絡がないのなら気になるわね。でも私が知ってるのはね。最近になって彼が時々特別展示室の家系図、ホラ、以前からずっと壁に張ったままになっている江戸時代の徳川家の家系図とかを熱心に見ていたわよ。

そういえば確か彼の家の家系も随分昔からで先祖も御立派だった様だし、何か個人的に興味があったのかも知れないけどね。だけどそれが欠勤の原因かしら？　私が後で館長に聞いてみてあげるわ。大丈夫。心配しないで」

「徳川家の家系図？　そうですか。分かりました。有り難う御座います」

忙しいお局様にそれ以上手間を掛けては悪いと思いその場をすぐに失礼した。それから入り口の自動ドアを抜けて帰るつもりだったのだが何故か急に足が止まってしまった。

今聞いたお局様の話で自分もふと思い出した。あのミニレストランでの食事の時彼は言っていたではないか。気になる調査案件を片付けるとか？　それを具体的に詳しく聞いた訳ではないが、もしかしたら時々見ていたという特別室の家系図に何か手がかりがあるのでは？　そう思うとこのまま帰るより自分もその図面を見てみたいという気持ちがムラムラと湧いてきたのだ。

館長はまだ外出中の様だし、少しの時間なら構わないだろう。そう考えると矢も楯もたまらず急いで館内へ後戻りした。中央の廊下を小走りに特別室へ向かったが、突き当たりを左に曲がり一番奥の部屋である。運良く鍵はまだ掛かっていずドアはすぐに開けられた。だが室内は全部の窓に黒いカーテンが引かれていて電灯を点けないと中はよく見えない。それで無造作に右手を伸ばしスイッチを探ろうとしていると可笑しなことに気付いた。誰もいない筈の静かな室内から奇妙な物音が聞こえてきたのである。不思議に思い電灯は点けずに手を止めそのまま耳を欹（そばだ）てた。

するとそれが何かを引き摺る様なズルズルという濁音だと分かり、同時に何処からか女性の甲高い笑い声も響いてきた。

「オーッホッホッホ、これ、喜びなされ幸千代（こうちよ）殿、随分と待たせたがようやくそなたに似合いの正室を迎えられようぞ。オーッホッホ」

『エッ、何だろう？　この声は？　まさか窃盗では？』

美千代はそう思ってギクリとした。一瞬足が竦み、目だけはジロジロと暗い部屋を見渡してみたのだが、何とその後がさらに奇妙だった。

突然目の前の黒いカーテンがボンヤリ明るくなりそこに何か異様に古い建物が映っている。まるでＤＶＤかユーチューブの動画みたいに。よく見るとその前を人が歩き蠢いているのだ。先程の声もそこから聞こえてきたらしかった。

『エーッ、これは一体どうなってるの？』ここは館内の特別室の筈なのに何かの錯覚かと思った。しかしその光景が余りに不思議でそのまま目が離せなくなってしまった。今や見たいと思っていた壁の家系図どころではなくなっていた。

　動画は建物の中まで写り込んでいたがそこは薄暗く、見たところ古い寺か神社？もしくは城の様な造りで天井が高く廊下は広く黒光りしていた。

　その中からズルズルと着物の裾を引き摺り現れたのは灰色っぽい布を頭からスッポリ被った尼姿の女で、その後には年代物らしい豪華な羽織袴を身に纏った、青白く痩せこけた若い男が一人。


「オーッホッホッホ。この天樹院(てんじゅいん)、そなたの正室には兼ねてより我が弟、徳川家光公の息女である千代姫殿をと所望しておった。その願いが近々叶えられそうなのじゃ。真にお目出たいではないか」

「ハイ、千代姫殿を某の正室に？　それは嬉しゅう御座りまする。なれど母上、一度も姫にお目に掛かったことは御座りませぬが？」

「ホッホッホ、苦しゅうない。それは存じておるが何も案ずるではない。わらわに任せるのじゃ。そなたは目に入れても痛うない我が本多(ほんだ)家のたった一人の嫡男である。況してや忠刻(ただとき)殿の残した本多家の末長き存続、安泰を願わくはこの身も厭わぬ覚悟ぞよ」

「ハッ、それは有り難き幸せ。母上のお言葉はこの幸千代身に染みまする」

『エッ？　これは一体？　天樹院様っていえば確か徳川秀忠公の長女、千姫(せんひめ)様の後の姿だと思ったけど？　本多家に嫁いだ後の子供は二人、亀姫(かめひめ)様と幸千代君？　でも幸千代君は三歳で病死されたのでは？』

美千代は仕事柄戦国時代の姫についてある程度知識もあり興味深かったので、不思議に思い自然と二人の会話に聞き入ってしまった。

「よう申してくれた幸千代よ。その言葉にて長年の数々の苦労も報われる想いぞ。あの頃を思えばわらわは七歳にて豊臣秀頼(とよとみひでより)殿に正室として輿入れを強いられた。秀頼殿は優しいお方。なれど日が経つ内に姑の淀(よど)君には責められるばかりじゃ。早う世継ぎを産め、産まぬかと、子が授からぬならば致し方なしと、側室を迎え入れ、国松(くにまつ)君が産まれし折は大喜びなされた。

なれどわらわはさらに肩身の狭き心苦しい思いで過ごさねばならなかった。

じゃがその後は次第に徳川と豊臣の戦いの世となり、大坂冬の陣、夏の陣ともなれば夜な夜な淀君のお怒りは増して如何許りか。

その矛先は常にわらわに向けられた。

『何という卑怯な恥知らずな徳川方か。

あれ程秀吉殿に、秀頼の行く末を約束しておきながら、城の外堀だけを埋めしとの講和にてホッとしたのも束の間、アッという間に内堀まで埋められるとは。

先の見えぬ今、思い起こせば口惜しき思いばかりじゃ。方広寺大仏殿の鐘にしてもわれら豊臣を討ち取る策としての言い掛かりに過ぎぬ。

それもこれも下道なる行い。そなた、おじじ上は人の道に外れている鬼と思われぬか？』

その後益々形勢が危うくなり、諸共に天守閣に追い詰められし頃、わらわは怒り狂い身悶えなさる淀君の格好の標的となってしまったのじゃ、

『のう千姫殿よ。耳を穿ってよう聞きゃれ。これぱかりはそなたに言うておきたい。

おじじ上様に纏わるあざとき事柄故にな。

随分と昔にてそなたはよもや存ぜぬと思うがな。徳川譜代の側近の一人に石川数正（いしかわかずまさ）という律儀な重臣がおられた。

その方がある時突然徳川を出奔し秀吉殿を頼って来られたそうな。よくよく聞けば桶狭間の戦いの後、今川方から松平信康殿と築山殿を命懸けでお救いし岡崎城へ連れ帰られたという。そのお二方共が家康殿の作為にてお命を断たれしとのこと。数正殿は懸命に嫡男元康殿にお仕えし将来を楽しみにしておられた。それ故主を失いしその落胆と嘆きは如何ばかりか。家康殿には血を分けた親とも思えぬ酷い仕打ちに心を砕かれ、長年仕えし徳川家を見限られたと聞く』

淀君は何を思うたか。わらわがまだ産まれてもおらなんだ名も知らぬ石川数正殿の行状を持ち出されクドクドと語り続けられた。

『信康殿の正室徳姫様が父上である織田信長公に不満や猜疑心を訴える書状を送り、それが元でといえその書状一枚にてでは余りにも無慈悲ではないか？

思うてもみよ。他ならぬ己の正室と嫡男ぞよ。何も殺さずとも内密に古寺にでも幽閉し罪を改めさせるなども、あの知恵者の家康殿なら容易かろうが？　そうではないか？』

わらわを睨み付けんばかりにおじじ上の悪口雑言、余りの悔しさにわらわはその場に頭を垂れ耳を塞ぎし折、それを見兼し秀頼殿がわらわに助け舟を出して下された。

『母上、お気持ちは察しまするがこの期に及んでその様な戯言はお慎み下され。家康殿がどうあれ、千には何の咎も無きにて御座りまする故』

『何と？　秀頼殿今何と申した？　わらわはただ家康殿の手に掛かりし築山殿と信康殿がお労しく不憫でならぬと言うたまでじゃ。戯言では御座らぬ。

　それに比べし今は亡きそなたの父上秀吉殿は真に温情あるお人柄にて、わらわも側室に迎えられし最初の頃は二親を殺しめた敵とどれ程憎らしく思うたことか。それにしても後には秀頼とわらわに変わらぬ慈しみ、手厚き持て成しを賜わりて故にわらわも心が和み救われたのじゃ』

『存じておりまする。なれど母上、千はその温情厚きと世に持て囃されし天下人、父上のたっての命にて、幼き頃世に輿入れし尽くせし正室に御座ります。左様な弁えぬ物言いはもうお控え下され』

　秀頼様はわらわを哀れに思い幾度も諭されしが、淀君はそれでは収まらず増々狂うた鬼の様な御面相になられた。

『エエイ、黙らっしゃい。秀頼殿、この上はそなたも千姫殿も最後までとくと聞かれるがよい。数正殿の血の涙による打ち明け話をな』

『血の涙？　この期に及んで数正殿の打ち明け話など？』

『しかるに家康殿が松平元康と名乗られし頃、おじじ上の松平清康殿、父上広忠殿、どちらも内乱にて命を落とされた。その因縁か元康殿も岡崎城への入城と同時期に何者かに暗殺されたという噂じゃ。その折お家の一大事とばかりに有力な、側近達の判断もありてよく似た顔付きの影武者が立てられたのじゃ。その者が後に徳川家康と名を変え駿河国へ納まり、岡崎城は元康殿の嫡男、信康殿に一任された。なれど血の繋がらぬ信康殿、況してや他人である築山殿、築山殿は岡崎城ではなく近くの築山に捨て置かれ、邪魔になりし故に手を下したのであろう。表向きには信長殿の怒りを買うたとなってはおるがそうではない。

家康殿の本性は血も涙もなきにして、あわよくば天下取りの出世を狙った強欲なささら者などじゃ。わらわはある時秀吉殿と数正殿の斯様な内密の打ち明け話を予期せず耳に入れてしもうたのじゃ。今になりては遅かりしがその頃の数正殿の苦しい胸の内、血の涙が身に染み思い出されてならぬ』

『まさか左様な？　家康殿が身分低きささら者とは到底信じ難く、母上こそが血迷っておられるのです。なれど既に時は遅くわれら豊臣の大坂城この天守も既に危う御座りまする』

慌ただしき中でのそんな秀頼殿のお言葉と同時に天守には徳川方の大砲がドン、ドンドドン、と撃ち込まれ、その恐ろしさに淀君は流石に黙り込みその後驚きの悲鳴を上げてしまわれた。

『ギャエーッ、もはやこれまでじゃ。皆の者、秀頼殿覚悟致せ。諸共に自害し、極楽浄土とやらへ旅立とうぞ。せめて豊臣の最後の嫡男である国松よ、そなただけは無事に逃げて行く末まで生き延びてくりゃれ』

　やがて大坂城も天守閣の内外も真っ赤な炎に包まれ熱く勢いよく燃え上がった。その有り様はまるで地獄絵図、淀君を始め秀頼殿、側室やお付きの腰元、それぞれが互いの胸を短刀で刺し殺し合い、悍（おぞ）ましき悲鳴を上げながら次々と果てて行った」

「なれど幸千代よ。わらわは左様な生き地獄を目に焼き付けながらも徳川の姫故に、敵方である父上様に救い出されわが身を呪いながらも生き延びてしもうたのじゃ。折しもその後数ヶ月もせず国松君が徳川方に捕らえられ斬首されてしまわれたと聞き及ぶ。

　わらわは胸も潰れる想いにてただ手を合わせ成仏を祈るばかり、他に何が出来ようか？

　されど幸千代、左様な折運良くそなたの父上本多忠刻殿に御縁があり正室として迎えられしはこの上なき幸せであった。しかるに秀頼殿のお子を一人も授からなんだわらわであったが、やっと本多家嫡男、そなたを懐妊し無事授かりしは天にも昇るかの心地じゃった。二人の愛しき我が子に恵まれやっと安住の地を得たのじゃ。されど何故にか？　その後十年もせずにお慕い申した忠刻殿は病にてアッという間に亡くなり、姑の熊姫殿、さらに実の母上、お江様までも共々にこの世を去られてしもうた。嫌それだけではのうて、その上、幸千代、そなたが三歳の頃、何者かに攫われ行方知れずとなりて、八方手を尽くしたが口惜しくも見つからずわらわは涙を飲んだ。世継ぎの絶えし本多家はお取り潰しにてわらわは泣く泣く江戸城に戻りしが、そこにても余りある不幸の数々は豊臣の呪いであるなどとの心なき噂に耐え忍びながら。その後何十年も血眼になり捜し続けしがその甲斐ありてようやくこの姫路城にてそなたと相見えし真の幸せ。余りに嬉しゅうて夢か幻かと我が目を疑う程じゃった。この上は何としてもわらわと共に千代姫様を正室としてお迎えするのじゃ。そして本多家を再建しこの安住の地にて永遠に諸共に幸せに暮らそうぞ。のう幸千代、そなたの為を思えばこそなのじゃ。今それがようお分かりであろうな？　オーッホッホッホ」

「エッ？　何ですって？　まさかあれが姫路城？　幸千代君？

でもあんな古い不気味な建物が白鷺城とも呼ばれる現在の姫路城なんて有り得ない。それに幸千代君は攫われたのではなくとうの昔、三歳で病気になりお亡くなりになっている筈？

どちらにしてもこの映像は普通じゃない。どう見ても可笑し過ぎるわ？」

天樹院の高らかな笑い声に美千代はハッと我に返った。確かに千姫様が本多家にお輿入れの時親元から化粧料として十万石を頂戴したことは史実として知っていた。だがそれにしてもこの訳の分からない奇妙な現象は何故？　何処から？

しかしもう一度ふっと目を凝らしてみると何時の間にか目の前の映像は消え去り室内は元の様に真暗になっていたのである。

『エッ？　どういうこと？　まさか夢を見ていた？　それにしても？』

その時になって奇妙な現象の所為で長居してしまった。と気付いた。これではもう閉館時間はとっくに過ぎているだろう。大変戻らねば。

ミスったと思った。途端何だか急に暗闇が恐くなり震える手でドアを閉め一目散に廊下を後戻りした。闇雲に入り口のカウンターまで息を弾ませ到達すると、そこにはもう帰ったらしくお局様の姿はなかった。

「オヤッ？　雨宮君残業かね？　遅くまで御苦労だが少し顔色が悪いんじゃないか？

今時の風邪はたちが悪いから呉れ呉れも気を付けなさいよ」

「アッ、ハイ館長、有り難う御座います」

しかし館長のハンさんが外出から帰ってきていて優しく声を掛けてくれたのだ。

今頃になって特別室に家系図を見に行ったなどとは言い難く黙って帰ろうとした。

だが普段余り親しく話してはいなかった割には、心配そうな笑顔を見て、後髪を引かれ何だか今の気味悪い出来事を話してみたくなったのである。

「あのう。済みません。風邪は大丈夫なんですが実はこの博物館の特別展示室のことでちょっと、私はこんな不思議な出来事は今日が初めてなんですが？」

ついつい必死な形相になり、こうなると今さっき起こった現象について洗いざらい、ぶっちゃけて口に出してしまった。

ところがウンウンと熱心に話を聞いてくれていたハンさんは、その上で顔色一つ変えず豪快に笑い飛ばしたのである。

「ワッハッハッハ。オーッ、やはり君もそうかね。

とうとうしてやられた様だ。武家屋敷？　それとも古い城？　お寺？　成る程ね。

それを単刀直入に言うとだね。あの部屋には余りにも珍しいお宝の山がワンサと並んでいる。

　あれらを注意深くじっと見ていると独特の雰囲気に飲まれ、何時の間にか無意識に自分の行きたい過去の世界へと瞬間移動というかワープするんだそうだ」

「ハアッ？　館長、まさか瞬間移動なんてＳＦ小説だけの世界なのでは？」

「ハッハッハ。それは雨宮君の様な特に仕事に勤勉な熱心な学芸員なら一度は毒気にあたり迷い込む、いわばここでの関所みたいなものですよ」

「エエッそんな？　関所なんて？」

「例えばね。タクシーやダンプの運転手さんでさえ初心の内は気が張ってるし注意深いから大丈夫。だが少し慣れた頃に油断して思わぬ失敗や思考の迷路に塡り込み突発的に大事故を起こす場合もある。

　それと同様だとしてもこちらはそれ程の危険はないのですから別に何も気にしないでいいのですよ。

　マアマアその内すぐに慣れますから、いわゆる将来有望な若者への栄えある勲章だと思い、今後共懲りずにさらなる頑張りを期待しますよ」

「ハアッ　そうですか？　関所？　栄えある勲章ですか？」

　なんだかはぐらかされた感じはしたがそこまで言われるとそれ以上は向きになって反論出来なかった。しかしそれはさておき連絡の取れない光明の顔をふと思い出した。

お局様が後で館長に聞いてくれるとも言ってくれたがこの際直接聞いた方が早いではないか。丁度いい。この時とばかりに話をすり替えた。

「ハテ、今度は又何かと思えば若杉君のことかね？

彼なら、個人的な事情で有給休暇を取っているよ。二、三日前にお母上様から届けが出されてね。何でも彼は私用で何処かへ旅行に出ているらしいので、この際仕事は気にせずゆっくりしていいからと伝えておいたがね。しかし彼と親しい君がその話を何も知らなかったとはね？　それは思ってもみなかったが」

「ハイ、それでつい心配になって。でも旅行なども聞いてませんがどの辺りへでしょうか？」

「フム、それもそうだが本人から直接ではないので行き先までも聞いていない。マアもう少し落ち着いて待ってみたらどうかね。

彼のことだ。心配しなくても君にだけはその内何か言ってくるんじゃないか？」

「分かりました。ではそうしてみます。有り難う御座いました！」

失礼のない様丁寧にお礼を言ってからその場を去り帰路に就いた。しかし、家系図はともかくこんな時に一人で旅行に行くなんてしかも自分に黙って？　と信じられぬ思いで一杯であった。

疲れてアパートに帰宅した後は冷蔵庫にある作り置きの惣菜で簡単に食事を済ませた。とはいえ博物館での出来事が色々災いしショックもあってかシャワーを浴びてベッドに入っても中々眠れなかった。翌日は特に多忙な日曜日で館内でのガイドも頼まれていたし、その為にも早く寝て英気を養いたかった。

だがしっかり目を閉じて早く眠ろうと思えば思う程余計頭が冴えてくるのだ。特別室で垣間見た映像、天樹院様と幸千代君の会話がついつい生々しく思い出されてしまう。

『そういえばあの部屋の中には有名な江戸時代の太刀、レプリカだけど数本飾られていたっけ？』

一振りは「村正」といい、その昔徳川家に伝わる名刀で、その名前の通り、村正という刀作りの名人の手に依る物である。ところがこの名刀により松平家の清康、広忠は共に抹殺され、嫡男信康も自害させられているのだ。家康にしてもこの太刀により何度も怪我をさせられ、それ以後は徳川家に伝わる不名誉な不吉な太刀として使用禁止になったそうだ。

そしてもう一振は「太刀銘包永金象嵌本多平八郎忠為所持之」などという小難かし

い呼び名の名刀である。

それは千姫が輿入れした本多忠刻に伝わる恐れ多い刀で、忠刻亡き後形見として千姫に護られた。

その後は徳川家所有の宝刀とされたというが、それが元々は昔の松平家に由来するらしく本物はそちらの関係筋に返されたとも聞く。徳川美術館にあるかどうかも知らない。

しかしその宝刀のレプリカが特別室に収められているからといって、自分がその時代の千姫に興味があるとか会いたかった訳でもない。館長に関所とか勲章とか煽てられても納得出来ず全く意味不明であった。


翌日曜日はツアーの観光客の流れで博物館には団体予約が殺到していた。美千代は他の学芸員と手分けしてガイドを引き受けていた。

「本日は当由緒ある歴史博物館へようこそ。

私は館内の御案内を担当する学芸員雨宮と申します。途中何か御質問があれば何なりと私にお尋ね下さい」

幸い早朝からの忙しさに粉れ昨日の可笑しな出来事はすっかり忘れ仕事に集中して

いた。

「こちらを御覧下さい。実物では御座いませんがこの日本刀が「村正」といわれる徳川家に伝わる妖刀で御座います」

「ホーッ、この素晴らしく長い刀が聞きしに勝る「村正」かね？　流石に武士の魂や血が宿っていて恐ろしくよく切れそうじゃわい。儂等もこれで切られたら痛いだろうのう？　オーッ、恐い。恐い」

　各部屋から順路になっている特別室内の「村正」の説明をすると年配客達の集団はケースの中を覗き込んで面白がったり感心したりして、口々に驚きの声を上げていた。

　そして次にその隣に陳列してある本多忠刻由来の千姫が徳川家に持ち帰ったという名刀の話を説明し始めた。しかしその直後だった。

　灰色っぽいスカーフ？　嫌、頭も顔もスッポリ布で被った一人の尼さん？　が少し離れた位置からこちらをじっと見ている？　と思いきやその場でお数珠を出すと手を合わせその名刀に向かって何やらブツブツ念仏を唱えているではないか？

　美千代は大勢の人込みの間に突然それを目にして驚いた。

『エーッ、あの尼さん姿はまさかあの天樹院？　この特別室で見た？　そんな筈ないわ？』

何とあの夜、この特別室での不思議な映像の尼僧、天樹院そっくりだったのだ。しかも驚いた様子の美千代の顔を見て気味悪い白い顔でニヤリと笑い掛けてきたのである。何か言いたそうでギクリとしたが次の展示品の説明を始めねばならなかった。その後で振り向いて確認してみたがその時には尼僧姿の女は何処にも見当たらなかった。予約の団体客の頭数にも入っていないので個人客かと思い受付で聞いてみたがその様な客は知らないという。そしてその後はそれどころではなく一日中忙しかった。しかし余りに気味悪く帰宅時間には体力的にだけでなく精神的にも参ってしまっていた。

それでもそんな時にこその天のお告げか？　急に一つ名案が浮かんだ。

『そうだ。明日は月曜日、光明さんと一緒に彼の御自宅を訪う予定になってた日だわ。ならばこの際一人で行ってお母様の麻乃さんに会ってみよう。

彼がいなくなってから気味悪いことばかり起こるしこのまま待っていても精神的に可笑しくなりそう。やってらんないわ。

ハンさんに彼の休暇届を出した位だからお母様はきっと詳しい事情や行き先を御存じの筈。そうだ。やっぱりそうしよう！』

それまでに彼から連絡があればそれはそれでいい。半ば強引な気はしたが仕方がない。美千代は帰宅後一旦落ち着いてから若杉家に電話を入れたのである。運良く麻乃がすぐに出てくれて快く承知してくれたので安心した。

以前から時々聞いている光明の実家は博物館からの直線距離でいうと数キロでそう遠くはない。

しかし美千代のアパートからだと名駅から二区画、そこから徒歩で十五分位である。それも織田信長縁（ゆかり）の清洲城、今は清須市歴史資料展示室になっているがその近くなのだ。それも光明の言う通り、周囲を塀に囲まれこぢんまりした二階建ての旧家であった。

「アラマッ、貴方が美千代さんね？　何てお奇麗な方、よくいらっしゃいました。光明からお話はよく伺ってますのよ。

サアどうぞ、御自分の家だと思って御遠慮なくお上がり下さい」

事前に電話でお伺いは立ててあったので麻乃は笑顔で気軽に迎えてくれた。美千代より少し長めの髪は奇麗に纏め上げ、薄茶色の和服を上品に着こなしている。普段趣味の華道や茶道に勤しんでいると光明には聞いていたが、成る程、玄関前を見渡すとお庭には松やつつじなどの木々が丸く刈られ、その前面にある苔むした古い手水鉢が清々しい。

「昔は家の敷地もお庭ももっともっと広かったんですのよ。イエネ、私はこの家の一人っ子で主人とは養子縁組でしたので、生まれた時からずっとこの家で育ちよく知っておりますの。時代の流れもあり区画整理などで随分と狭くなってしまって。でもお二階は八畳二間で充分な広さはありますしね」そんな話を口にしながら奥の客間へ通してくれた。

「あの、どうぞお構いなく。先祖代々、古くから続くお屋敷だと光明さんからはよく聞いていますけど。

ですが今日は旅行中の光明さんのお話がしたくて来てしまったのですが。本当に突然お邪魔して済みません」

「イイエ、そんな、お邪魔だなんて飛んでも御座いません。

それより光明から聞きましたが美千代さんは今時珍しく古風なお嬢様なのね。

日本風な家屋、神社仏閣などに興味がありお好きだとか？」

「ハイそのことですか？ 時代遅れだなんて言われますが昔から古めかしいアンティークな家具とか建物が好きで、何故か見ていると懐かしい雰囲気さえ感じ心が落ち着くんです」

麻乃はそんな美千代の言葉に耳を傾けながら、少し待たせた後盆に載せたお抹茶をテーブルに運んで来てくれた。

「お粗末ですがどうぞお召し上がり下さい。

そうそう、主人は先程退っ引きならぬ用事で出掛けてしまい、残念ながら今は私一人なんですのよ。でも光明は美千代さんとは性格も趣味もよく合いそうだと言って、お付き合いさせて頂きとても喜んでおりましたわ」

「そうですか？　それは有り難う御座います。

私も職場では光明さんに色々御指導頂いて助かっています」などと話し暫くは歓迎してくれていた麻乃の話に相槌を打っていたが、のんびりした口調に少々じれったさを感じてきた。少なくとも光明を心配している様子には見えず、美千代の方から単刀直入に切り出さざるを得なかった。

「実は昨夜電話で申し上げましたが光明さんとはここ一週間程連絡が取れないんです。それでお母様が旅行先とか行動を詳しく知っていらっしゃるのではないかと思ったので、その話をお聞きしたいのですが？」

ところが美千代のその言葉を耳にすると今まで明るい笑顔を見せていた麻乃の表情がガラリと変わった。

「エッ、そうなんですか？　連絡が取れない？

仕事を休んでいるとはいえ、てっきり婚約者の美千代さんには何でも話していると安心しておりましたんですが？」

「ハイ、それが今まで何度も電話してるんですがスマホは何時もオフになったままなんです」

「ハアッ、そう言われましても。光明はサラリーマンの弟、信明と違い、時々一人でフラッと京都や奈良まで歴史探求に出掛けるのが好きでして。

それで今回もやはり同じパターンかと」

「家を出て一人でマンション暮らしをしていらっしゃる信明さんという弟さんがいるとはお聞きしましたが？」

「ハイ、それでは今から知っている事をお話ししますが、美千代さんは光明が以前から二階のベランダで雉鳩を一羽飼い慣らしているのは聞いていらっしゃいますか？雄か雌かも分からないのにポポ吉と名付けて呼んでおりますのよ」

「エッ？　ポポ吉？　野性の雉鳩をですか？　聞いていませんが？」

「光明がベランダに餌箱をくくり付け手懐けておりますが早朝には目覚まし時計の代わりに毎日、ポポッポーポーポポッポーと餌欲しさによく鳴いてくれるんですのよ」

「ハアッ、そのポポ吉がですか？　でもそれと今回の光明さんの旅行と何か関係が？」

「あの日、光明は何時もの時間に仕事に出掛けましたが、そのまま夜遅くになっても帰宅しなかったのですよ。

けれど私が寝床でウトウトしている頃、十一時過ぎだったと思うんですがね。寝室の横の襖が急にスッと開いて普段通りの光明の声が聞こえました。

『母さん都合で急に家に帰れなくなった。悪いけど暫くの間ポポ吉に餌と水をやっておいてくれないか？』などと申し訳なさそうに言うので私は夢うつつに『ハイ分かりましたよ』とだけ答えた覚えがあります。すると光明は『じゃあ母さん頼んだよ』と言ってすぐに襖を閉め、そのまま何処かへ行ってしまったのですよ。

以前にもポポ吉の餌やりは頼まれましたし、てっきりそれと同じ様な旅行だと。

今思うと行き先位は聞いておけばよかったのですがうっかりして御免なさいね。その後館長さんから光明の欠勤のことでお電話があり、それで本人の代わりに休暇届を出させて頂いたという次第なんですの」

「エエッ？　じゃあその夜以後はお母様にもずっと何の連絡もないというのですか？」

「ハイ、でも私はともかく美千代さんとは職場も同じなので、きっと本人から聞いて御存じかと思ってたんですが？」

美千代は予期していない麻乃の言葉に驚くと共に何か違和感を覚え益々混乱した。麻乃にはもしかしたら既に認知症の兆しがあるのではないか？　それともその夜遅くの光明の声掛けにしても眠っている間に見た単なる夢に過ぎなかったのではないか？

そんな不審感に惑わされるばかりでこれでは態々気を遣い訪問した意味もなかったのでは？

そう思い、急にがっかりしてしまった。引き止めてくれる麻乃には悪かったがその後早々にお宅を失礼してしまったのである。

『だけど雉鳩のポポ吉なんて？　初めて聞いた話だけどそういえば博物館裏手の林でも時々雉鳩の鳴き声を聞くわ。今思ってみれば何だか懐かしい元気を出せって呼び掛けてくれる様な、そんな不思議な鳴き声にも聞こえる？』

しかし肝心の光明は一体何処へ消えてしまったのか？　今頃何をしていて元気でいるのか？　もしこれ以上スマホでの連絡が付かないのならやはり可笑しい。麻乃に相談し警察へ行方不明届を出した方がよいのでは？

そんな画策もしなければならず泣きそうな気持ちで一人ショボクレて歩いた。

明くる朝になっても相変わらず連絡は付かず事態は依然、変わらなかった。気持ちは悶々とするばかりだったが如何せんその日は早出の出勤となっていた。

休み明けは朝礼の前に全展示室の拭き掃除を義務付けられていたからだ。それも館長の意向で健康と精神鍛錬の修業なのだという。

不安を抱えながら何時もよりは三十分程早目に入館した。だがそれより先にお局様が出勤していてカウンターの花など新しい物と取り替えていたが、美千代を見て先に声を掛けてくれた。

「アラお早う。雨宮さん。他でもない若杉君なんだけどさっきハンさんから聞いたわ。もう何日か前に休暇届は出されていて旅行中だそうね？　それならそれで欠勤の理由も分かったのよね？」

「ハイそうなんです。その話なら日曜日に館長さんに聞いて知っていたんです。昨日若杉さんの御実家へ行きお母様にもお会いしてきましたし」

「アラッ、そうだったの？　じゃあ良かったわね。若杉さんの家といえばそう、そう随分古くからの由緒ある家柄だったわよね？

以前何かの時に本人から聞いたのよ。

アア、今やっと思い出したわ。彼が言うにはどうも大昔の御先祖は江戸時代、尾張徳川家の流れをくむ血筋、要するに自分はその末裔じゃないか？　なんてね。貴方それは冗談でしょう、と言って私は笑い飛ばしてしまったけど」

「そうなんですか。尾張徳川家といえば元々の名古屋城、城主ですよね、当時の徳川家で三本の指に入るお家柄だと聞くけど本当なら凄いわ。それで三上さんが言う様に特別室の家系図に興味があり時々熱心に見ていたのかしら？」

その家系図が原因で日曜日に特別室に入ろうとしてあの気味悪い不思議な映像に出会ったのだが、ハンさん以外には言ってないしお局様が知らないのも当然だった。

「サア、直接聞いてないから絶対にそうとは言い切れないわよ。私が知っていてハッキリ言えるのは歴史上の史実だけだから」

美千代としてはそこまでの話で充分よかったのだが、お局様は何故か得意気にまるで懐しい昔を思い出すかの様にアレコレ話し始めた。

「雨宮さんの言う通り尾張徳川家、初代当主は徳川義直様。

二代目が光友様、その光友様にお輿入れしたのが本家三代目、家光様の御息女、千代姫様、それも二歳三ヶ月の若さでね」

「エーッ、三上さんは流石に色々詳しいんですね。でも二歳三ヶ月ってまだ幼児だし本人はお輿入れがよく分かってなかったんじゃ？」

　美千代は結局お局様の得意な話に釣られその後は淡々とした長話となってしまった。

「その頃は戦国時代で政略結婚は当たり前。でも千代姫様は誰からも愛されて光友様とも夫婦仲良く、その時代では珍しく大変幸せな人生を送った姫なのよ」

「エッ？　幸せな姫？　そうなんですか？　でもそういえば幸せでない悲しい姫も？」

　美千代はそんなお局様の話にふとあの映像の中で幸千代君に話しかけていた天樹院の姿や言葉を思い出していた。

「そうなのよ。それに比べて浅井長政様に嫁いだお市の方、長女の淀の方、秀忠公の長女千姫様といい殆ど皆哀れな不幸な姫ばかりなのよ。他にも細川ガラシャ、そうそう、家康殿の養女として真田家の長男信幸様に嫁いだ小松姫って御存じよね？　その所為で関ヶ原の戦いでは信幸様は東軍、徳川方に付き、父、昌幸様と弟、幸村様は豊臣方の西軍へと真田家の家族は真っ二つ。

　気丈な小松姫は夫を支えて大活躍、だけどそんな無理が祟ったのか四十八歳で病死、犠牲になった戦国の姫は位の高い姫だからこそ気の毒だったわね」

　美千代にしても博物館の仕事柄、古き時代の歴史に興味津々でついお局様に共鳴して話に聞き惚れてしまった。

ところが少しだけと思った筈が結局長々と二十分以上の立ち話となっていたのである。

「ワアッ、いけない。じゃあ後一つだけね。それがその真田幸村についてなのよ。大坂夏の陣では豊臣方が負け戦だったとはいえ意を決した後藤又兵衛と共に幸村は勇敢にも家康の本陣にまで切り込み、有無を言わせず何度も切り付けた。

その後家康は命からがら逃げおおせた。

史実ではそう言われているけどね」

「エッ？　というと本当はそうじゃなかったと言うの？」

「私の知っている史実では駕籠で逃げる途中、幸村に切り付けられた傷が元で、家康様は亡くなってしまったのよ。

それで近くの寺に埋葬され勝利した合戦の後に秀忠公などが内密で供養に訪れたそうなの」

「アラッでもそれなら可笑しいわよね。家康はそれから一年後位に鯛のテンプラでの食当たりか何かで亡くなったと聞いているわ？」

「それがもしもという時の為の影武者なのよ。あんな時に敵に殺されたと分かったらすぐに巻き返されてしまいお家の一大事。取り巻きの譜代大名や重臣達も口を閉ざし承知の上。

　例えばね、あの明智光秀公にしても本能寺の変から数日で逃げる途中竹藪の中で刺されて殺されたとになってるわよね？

　でも殺されたのは本当は本人でなく影武者なのよ。

『我こそは明智光秀十兵衛なり。この首を刎ね持ち帰るがよいぞ！』などと大声で叫び、光秀を逃がす為、それと分かる紋章の鎧兜を身に着け身代わりになったのよ。光秀は名前を変え、その後も生き残った。そんな真しやかな話も出てる位だからね」

「へーッ、そうなんですか？　そこまでは知らなかったわ」

　まるでその時代を見てきたかの様な語り草を美千代は感心して聞いていたが、しかしそれから先が大変だった。

「アラッ、嫌だ、しまった。もうこんな時間？　私はこのままカウンターの側にいて館長に引き継ぎしないといけないのよ。他の展示室のお掃除は坂下(さかした)さん達が先に行ってくれてるからいいけど、後残りの特別室は雨宮さん一人でお願い。時間がないからササッとでいいからね。ササッとで」

「エエッ？　私が一人で特別展示室へですか？」

坂下さん達というのは一つ、二つ年上の先輩達なのだが、急に特別室と言われハッとして足が竦んだ。

特別室では例の不気味な映像といい、日曜日にガイドを勤めた時にはそこで天樹院そっくりの奇妙な尼さんに出会った。

けれど今それをゴチャゴチャ言っている暇もないし、仕事上なのでお局様に逆らうなんて許されないのだ。

「ハ、ハイ、分かりました。時間がないからササッとでいいですね？」

美千代は慌てて掃除道具一式を手にして、大急ぎで中央廊下を走り抜け特別室に向かった。そしてその勢いのまま迷わずドアをパパッと開けてみた。すると黒いカーテンは以前の様に引かれていたが、しかしそれを順番に手早く開け放してしまうと、眩しい朝日が部屋一杯に射し込んできた。

その様子から見てこれなら以前の様に暗くないし何も異状はなさそうだと思い掃除を始めた。展示ケースの上の埃を布で払い、モップで床の拭き掃除に取り掛かりお局様の言う様に十分やそこらでサッサと終わらせることが出来た。

しかし戻ろうとした時にあの徳川家の家系図がふと目に入ってしまったのだ。よし、部屋を出る前に少しだけ見てみようと思い付いた。

あの日曜日の夕方には例の映像のお陰で入れなかったし、今なら誰もいないからチャンスだと思ったのである。

『ほんの二〜三分だけだから大丈夫よね？』

そう自分に言い聞かせソロソロと近付いた。そして上から下まで穴の開く程じっと絵図面を見詰めてみた。

しかし年代物とはいえ何処をどう見ても何の変哲もない普通の家系図にしか見えないのである。だが説明書きは字が小さく読み辛く、ゆっくり顔を近付けてみた。ところがその後どうしたのか？　すぐ後ろでか細く苦しそうな男の呻き声が聞こえてきたのである。

「ウウッそなた、千代姫殿ではないか？　ならば苦しゅうない。後ろを振り向かずそのまま急ぎ立ち去られよ！」

美千代はビクリとした。

『エッ何だろう？　立ち去られよって？　あの声は？』

咄嗟のことに身動き出来ずそのまま立ち竦んだ。しかし男の声はさらに何度も「立ち去られよ」と繰り返している。ここは博物館でなくてお化け屋敷か？　又もや先日の様な可笑しな現象が？　と一瞬恐怖を感じ身が縮んだが、それでもその声は優しそうでしかも何処か聞き慣れている様な？　そしてそうは言われても一般の心情的には振り向くなと言われれば却って振り向きたくなるものである。

恐いもの見たさもあり、美千代は目を固く閉じたまま思い切って「エイッ」と一八〇度回転し振り向いてしまったのだ。

そして閉じた目をうっすらと開けた時、目の前の光景にアッと息を飲んだ。

何故なら自分は薄暗い廊下に立ち、時代劇などで見た黒い座敷牢の前にボンヤリ佇んでいたのである。

『見上げると天井は高く普通の家とは思えない。広い廊下？　ここは一体何処なんだろう？』

びっくりしてキョロキョロ周囲を見回していると牢の中から又先程と同じ声が聞こえてきた。

「振り向くなと言うたに。そなたよく見ればやはり千代姫殿じゃな？　真に久方振りじゃが息災にしておられたか？」

『エッ？　千代姫？　私はそんな者では？』

暗闇に目が慣れてきて狭い牢の中を覗くと若い男が一人、手足を縛られ、体も紐でグルグル巻きにされて地面に転がされている。

その上その男の身形といえば、やはり時代劇の殿様姿。汚れてはいたが高価な羽織袴にチョンマゲ頭なのだ。しかしこちらに向けている苦しそうな顔を見てさらに目を丸くした。

「貴方は光明さんね？　その声もやっぱり光明さんだわ！　私、美千代よ、ホラ分かるでしょ？　どうしてそんな恰好でそんな所に？」

姿は違えどどう見ても顔も声も光明にそっくりだったのだ。だが返ってきた男の言葉に愕然とした。

「光明？　何を申す。そなたの夫である徳川光友の顔をよもや見忘れたか？　とは申しても何故突然この牢内に捕らわれ自由を拘束されておるのか訳が分からぬ。

されど大層なる身の危険を感じる故そなたもここへ来てはならぬ。それにて早う立ち去られよと警告したまでじゃ」

『エッ？　そんな風に言われてもとっくの昔に亡くなっている徳川光友様がこんな所に？　それにそなたの夫と言われても私は千代姫様ではありませんよ』

自分の置かれている状況も現実とは思えず首を左右に振って否定した。

それと同時に何故か口をパクパクしているだけで言葉を発しようとしたが声が出ない。

「真に面目ないがこの牢内には今宵でもう七日目になる。この様に、手足を縛られ飲まず食わず、不様ではあるが、そちもよう覚えておろう。その昔共に飼い慣らした雉鳩のポポ吉が朝になると鳴いて時を教えてくれた故日数はよく存じておるのじゃ」

『エッ？　雉鳩のポポ吉って確か光明さんの家のベランダのポポ吉？』

麻乃から聞いたが光明が餌付けをしているのもポポ吉という名前だった。しかしそれを思い出した時になって、突然スラスラと声が流れ出てきた。それも自分の声とも思えぬ上品な美声であった。

「光友様、お久しゅう御座いまする。ポポ吉はともかく千代も真にお会いしとうてなりませなんだ。なれど何故牢に捕らわれその様なお姿に？　子細は分かり兼ねまするが一刻も早うそこからお出になられわらわと共にお逃げ下されませ」

「オオ、それは辱ない。なれどこれでは流石に身動きも出来ぬ。誰でも構わぬ。早々にそなたが助けを呼んでくれぬか？」

何と美千代は自分の口から出る言葉で光友と親し気に会話をしているのだ。しかしそれは不思議なことに自分の意志ではなく？　では一体誰の？

『これってどういうこと？　まさか本当に千代姫様が私の中に？』

その時になってふと自分の着衣に気付いたが、何時の間にか光友様同様江戸時代の姫らしい豪華な美しい打掛を羽織っていたのである。

「誰ぞ、誰ぞおらぬか？　この牢の鍵を持て直ちに光友様をお助け申すのじゃ！」

無論女の力では頑丈な牢やその錠前など開けられず、千代姫は廊下の奥に向かって必死に叫び声を上げた。

するその声が聞こえたのか？　七～八メートル先からボンヤリした小さな光が一つ、真っ直ぐこちらに近付いてきた。そしてそれは行灯（あんどん）の灯だったが、しかしそれを掲げていたのは誰あろう、よく見れば美千代が二度も特別室で目にしたあの尼姿の天樹院だったのである。その頃になると美千代は何故か頭が混乱し意識はボンヤリしていたがそれ位は認識出来た。

「オーホッホッホ。これはよう来られた。千代姫殿、今か今かと首を長うしてお待ち申しておりましたぞ。待ち遠しくて数日前こっそりこちらから御挨拶に訪うたがのう。知らぬ存ぜぬは致し方無きがわらわは天樹院と申しそなたの伯母であるぞ。

そなたが覚えておらぬのは重々承知しておるが、わらわはそなたが産まれし頃をよう存じておる。

その時期わらわは千姫と申してな。我が弟である家光殿が如何にそなたを溺愛し行く末を楽しみにしておられたことか。わらわも心して、先々は嫡男幸千代の正室にと願っておったのじゃ。なれどそなたは左様なわらわの意に反し、二歳三ヶ月にて尾張徳川家二代目当主、光友殿に輿入れさせられてしもうた。

それにてわらわは無念の涙を飲まねばならなんだ」

「何と千姫様とな？　天樹院殿ならば父上より度々聞き及んでおりまする。伯母上様のお心の内は存じ上げ兼ねまするがわらわが光友様の正室にては御承知かと？　されどその光友様は何故にか？　牢に幽閉されておりまする、まさかこの様な狼藉、伯母上様のなされる振る舞いでは御座りませぬな？」

千代姫の不安そうな言葉に天樹院はこれ見よがしに鼻で笑ったのである。

「フッフッフ、そのまさかである。光友殿を牢に捕らえしはこのわらわの命令であるぞよ。

そなた斯様（かよう）に申してもまだ分からぬか？　千代姫殿も光友殿も今は共にこの姫路城西の丸にて袋の鼠なのじゃ。ならば教えて遣わそう。今宵は嫡男幸千代とその正室として千代姫殿を招き二人の婚礼の儀と決まっておるのじゃ。邪魔な光友殿にはこの牢内で朽ち果てて頂く。そうじゃ、それにてわらわの望み通り後に世継ぎも産まれ我が本多家再興の夢も叶うのじゃ、千代姫殿お分かり頂けたであろうか？」

「何を申される？　仮令伯母上様といえどもその様な勝手な決め事が容易く許されるとお思いか？　婚礼などもっての外。それにわらわは本多家嫡男幸千代君は病弱にて三歳にてお隠れあそばされたと聞きおる。

何ぞのお間違いにて相違御座りませぬ故、その御心を改め直ちに光友殿を解き放たれよ。天樹院殿これこの通りお願い申し上げまする」

けれど天樹院は心を改めるどころかギョロリと目を剝き憎々しそうに千代姫を睨み付けたのだ。

「エエイ、何という無礼な！　許しませぬぞ！　幸千代は生きておる。生きてわらわと共にこの姫路城西の丸にて健やかに暮らしておるのじゃ。疑うと申すのなら今よりその証拠を見せてしんぜよう。

幸千代も先程よりわらわの化粧櫓にてそなたとの婚礼を待ち望んでおる。ササッ千代姫殿機嫌を直し早う参られい。案内しようぞ」

「何と、まだその様な？　それはありませぬ。何度も申すがわらわは尾張徳川光友様の正室である。幸千代殿との婚儀など万の一にもあろう筈も御座りませぬ」

「左様か？　ならば聞くがよい。幸千代と千代姫殿の婚儀を邪魔する輩は仮令光友殿であろうとなかろうと全て始末せよ。と城の手の者に命じてある。光友殿の命が惜しくはないのか？　惜しくばわらわの言いつけに従うのじゃ。宜しいかな？

それでもまだ嫌じゃと申すのならこの場で光友殿を切り殺すがそれでもよかろうな？」

「何と恐ろしい。光友様を切り殺すとな？　そなた、正気の沙汰とは思えぬ」

しかし千代姫はこの上は天樹院に逆らっても無駄だと知ったのか、光友様を助けたい一心で仕方なく天樹院の命令に従ったのである。そしてそれに気を良くした天樹院は千代姫を伴い、広い三間廊下を渡り歩き西の丸の化粧櫓の前で足を止めた。

「幸千代殿、わらわじゃ。暫くお待たせ申したな。千代姫殿のおなりであるぞ」

天樹院はそう言いつつ手前の襖をスッと開けた。すると中からコホンと小さな咳払いがした。

見れば広い部屋の奥の一段上に、年齢は可成り若そうだったが、顔が青白く痩せこけた人形の様な男が一人座している。身に着けている、金箔を散りばめた豪華な羽織袴は婚礼用か？

「サア千代姫殿この期に及んで遠慮は要らぬ。幸千代の隣に並ばれよ。オオッそうじゃ。大層似合いの夫婦ではないか？　それにしても幸千代も千代姫殿も互いに相見えるは今宵が初めてじゃったな？　真についぞ昔を偲ばれる心持ちよのう」

天樹院は千代姫を幸千代の隣に座らせると、如何にも満足気でホッとしたのかその後二人を前にして何やら自分勝手な想いをダラダラと吐露し始めた。

「これも古き昔であるがそなたが尾張徳川家へお輿入れの後は、わらわも一度もお目通り叶わなんだ。

なれどそなたが十四～十五の頃であろうか？　父上、家光殿の病気見舞いに僅かの供を連れお忍びで江戸城に参られたのじゃ。

それをコッソリ覗き見し折、何と美しゅう成長されしと深く感じ入り申した。されば それ以後何としても幸千代の正室に迎えたいとわが千姫天満宮にも祈願しておった。山鳥の尾の長々し夜をと申すがこの様に待ち続けたわらわに取りて今宵は正に天国、万感の想いであるぞ」

『万感の想いなどと何という無礼で理不尽な！　しかしこの者は？』

千代姫は異様な天樹院の執念に恐れを成した。しかしこの老婆は過去の自分や父上とのやり取り、動向などを知り抜いている。やはりあの美しいと評判だった千姫様なのだとここに来てやっと悟ったのである。

『オオッ、真に千代姫じゃな？　よう来た。よう来た。随分と久方振りに顔を見るが息災であったか？』

『父上様お加減は宜しゅう御座いまするか？　流行病に伏せっておられるとの江戸城からの急な知らせ、取る物も取り敢えず、これこの通り早駕籠にて馳せ参じまして御座りまする』

天樹院の言葉を耳にした後、千代姫はふとそんな昔の出来事を懐かしく思い出した。その当時の家光は疲れが原因だともいうが急な流り病にて治りが遅く、一週間程床に伏せっていたという。

『苦しゅうない。もそっと近う寄れ。ホレこの通り世は大事なき故心配致すな』

『ハイ、されど父上様たかが流り病などと侮られてはなりませぬ。この際に御ゆるりと養生なされます様。呉れ呉れも御無理は禁物と、光友様のお言付けもありまする故』

『オウ左様か？　それは痛く身に染みる有難き心遣い。光友殿には重ね重ね感じ入るお人柄じゃ。

さすれば光友殿には総明なる父君義直殿にして少しも引けを取らぬ二代目当主。学問に精進されて長いと聞くがそなたとは仲睦まじゅう過ごしておろうな？　そればかりが気掛かりじゃが？』

『ハイ、父上様左様なお気遣いは御無用にて御座ります。光友様始め姑、舅殿皆々様暖かく見守って下さり、その上名古屋城は気候も良く真に住み易き城にて千代は何不自由なく思いのままに息災に暮らしおりまする』

『ならば安心致した。さすれば江戸城本家と尾張徳川家は皆々絆も深く徳川家は末代までも安泰であろう。

光友殿にその旨よう伝えおくがよいぞ。尚且つ今度はそなたも遠路遥々と御苦労であったな。礼を申す。

されど後一つ心残りがあると申せば斯様に美しく立派な正室に成長したそなたの姿を、実の母親お振りに一目も見せられず会わせてやれなんだ事じゃ』

家光は別れの間際にそう言ってふと目を潤ませた。お振りの方とは春日局が大奥を仕切り始めた頃お世継ぎ問題を解決しようとしたのだが、その時家光に引き合わせた側室である。

そのお振りの方は残念ながら千代姫を出産後すぐに若くして亡くなってしまったという。

『お名残惜しゅう御座りますがこれを持ちまして千代は江戸城を引き下がらせて頂きまする。父上様どうぞ息災にて暮れ暮れも御自愛下さりませ』

千代姫は、思ったより元気で病状も回復しつつあった家光と久々に打ち解け談笑した。その後ホッとしながら徳川本家、江戸城を後にしたのである。それも今思うと懐かしい思い出であった。


「千代姫殿、先程から心ここにあらず。あらぬ方向に目をおやりじゃが、わらわの語り草はお気に召したのであろうな？

ならば婚儀の仕度は充分に整うておる。

後は三名程止ん事ない御人をお招きしてあるのじゃ。引き合わせようぞ」

そう言い放つと天樹院は千代姫にクルリと背を向け廊下側に向かい、パンパンパンと三度か細い両手を打ち鳴らしたのである。

するとそれを待っていたかの様に襖が外からスッと開いた。そしてこの場に似合うとも思えぬ、甲冑で身を固めた三人の屈強な武将がノッソリと現れたのである。

「オオッ、よう参られた。お三方とも遠慮なくお入り下されい」

天樹院の言葉に従いまず最初に一人の武将が口上を述べ始めた。

「これは天樹院殿で御座るな。お招きに与り有り難き幸せ。

拙者後藤又兵衛と申す者、急なお呼び出しにて参上仕ったがいかがなされた？　戦いとあらばお役に立ちます故何なりとお申し付け下され」

後藤又兵衛は過去の戦いでは豊臣家に加勢し、目覚ましい働きをした槍の名手である。

戦いであれば今度こそ手柄を立てたいと部屋に入るなり自慢の長槍をブルンブルンと振り回している。

「真にお久しゅう御座る。次に控えしは、拙者、長宗我部盛親にて候。先の御恩に報えるとあらば異存は御座らぬ。がはて？　豊臣の本陣はどちらであろうか？」

長宗我部盛親は大坂夏の陣にては旧臣千名を引き連れ大いに豊臣家に味方したが、惜しくも負け戦となり涙を飲んだのである。

そしてさらに三人目の武将が名乗りを上げた。

「某は真田幸村と申す大坂夏の陣にてはこれなる長宗我部殿とは共に力を合わせ戦い、力を尽くせしが力及ばず無念で御座った。されど今度の敵はいずれに御座ろうか？」

屈強なる三人はてっきり再度の戦いにお呼びが掛かったものと勘違いしたらしく、我れ先にと馳せ参じてきたのであった。

しかし天樹院はこの場に不似合いな三名を前にして顔を綻ばせ、猫撫で声で如何にも優しく呼び掛けたのである。

「オオ、方々、これはご無体な。その刀や槍は無用にて下に置かれよ。各々方の腕前はよう存じておるが今度は戦いなどでは御座らぬ。

そなた等の働きには何れ何某かの恩賞をと予てより思うておった。その代わりと申してはは何じゃが、今宵の婚儀にお招きしゆるりと寛いで頂こうかとな。それ、これにある祝い酒も飲み放題じゃ」

「オオッ、何と祝い酒を飲み方題とは豪勢な。それは辱のう御座る。有難くお相伴仕りまする。今婚儀と申されしが花嫁花婿はこちらの美しいお二方にて御座りまするな？」

武将三名は大喜びで甲冑をガチャガチャ鳴らしながら天樹院に案内され、幸千代の側に座した。だがその後で真田幸村が他の二人を差し置き改めて口火を切った。婚礼の事の次第が詳しく知らされていなかったからだ。

「左様であった。内々にての婚礼にてそなた等にも憚りしが、わらわの嫡男幸千代殿と徳川家御息女千代姫殿の婚儀なのじゃ。目出たき三、三、九度にて共々に祝って下されせ」するとそれを耳にした幸村がスックと立ち上がったのである。

「今何と仰せられた？　花嫁は徳川方の御息女とは露知らず。天樹院殿、ならば某はこの席には不要、招かれざる客にて候。これにて御辞退仕る。

是が非でもと仰せあらばこの面前にて腹掻き切り御無礼を詫びもしましょうぞ！」

「な、何と申す？　そなたにわかに腹掻き切るなどとそれこそ無礼千万、この祝いの席に縁起が悪いではないか？　慎まれよ！」

祝辞ならともかく幸村から切腹などという不吉過ぎる言葉が飛び出し、流石の天樹院も顔色を変え慌てふためいた。

「ハッ、さすればこの場にて正直に申し上げまする。思い起こせば去る大坂夏の陣においては拙者死ぬる覚悟を決め候、冬の陣の真田丸にても残念至極、不運に勝ちを逃がし候えば、今度こそはと馬上にて徳川の本陣へ切り込み家康殿に一太刀、二太刀は浴びせしが惜しくも逃げられたるは遺憾で御座った。

されどその後ある筋より聞き及びますれば、家康殿はその一太刀、二太刀が元で逃げる途中に命を落とされたそうな。

それが真であれば拙者は徳川家の方々には憎き天敵。千代姫様のみならず、天樹院殿にも正しく同様にて。それにて切腹をお許し願いとう存ずるが？」

天樹院は布で被った青白い顔を歪め仕方なく黙って話を聞いていたが、それから苦々し気に言葉を発した。

「そなたが夏の陣の戦にては本陣に切り込み並々ならぬ働きをしたとはわらわも聞き

及ぶ。

　されどその後一年後までおじじ上様は息災であられた。切り殺されたなどとの戯言はもっての外。

　じゃが、わらわは夏の陣にて父上に大坂城から助け出されしが、その後おじじ上にはお亡くなりになるまで一度もお目見え叶わなんだ。その子細はよう分からぬとは思えるが？

　真田殿、とは言ってもそれも昔の遠き古き話じゃ。もうよい。

　過去の話はこのわらわも全て忘れておるのじゃ、それにて安堵致せ。許して遣わそうぞ」

「ハハッ、それは勿体なきお言葉。承知下さるならばこの上は祝い酒を有り難くお受け致しましょうぞ」

　天樹院の腹ごなしの剣幕に幸村も恐れ入りそれ以上逆らわず引き下がった。

　だがこれ以上無駄な時間を費やし、婚礼の邪魔はされたくないと思ったのだろう。

天樹院はイラ付きながら又もや激しく手を打ち鳴らした。

「婚礼とあられば花嫁の白無垢じゃ。

　一番の大事を忘れておったわ。そこのお女中、直ちにここへ白無垢を用意して参れ！」

ところがこの時突然呼び出された城のお女中達は皆一様に困り顔で足元に平伏した。

「お方様、それは余りに御無理というもの。白無垢と申されましても高貴な姫君の特別仕立てとなればここ暫くの間はお待ち下さりませぬと。直ちにと申されましても用意出来兼ねまする」

「何？　その方今何と申した。今宵の婚儀には間に合わぬと申すのか？　エエイ雁首揃えて役立たずめが！　客人もお待たせしていると言うに。ならば特別仕立てでのうても構わぬ、早う何とかしりゃれ！」

しかしお女中達は天樹院の身勝手さにただただ途方に暮れ震えながら平伏するばかり。

ところがその場の当の千代姫はこの天樹院の失態なる有り様を目にして、これはしかりとコッソリ微笑んだのである。

『白無垢が暫く用意出来ぬとあらば運良く今宵の幸千代君との婚礼は立ち消えるのではあるまいか？』

そんな微かな希望を持ったのである。

元より幸千代君の正室となる気持ちなどさらさらなく、隣の幸千代君はと見ると全て母親の言い成りらしく表情も変えず黙って傍観しているだけだった。

しかしそんな心の隙間に付け込む様に、その時千代姫の後の襖がスッと静かに開けられたのである。

「もしこちらは天樹院様とお見受け致しまするが？　お取り込み中のところ御無礼仕りまする。先程からのお話を控の間でお聞き申しおりますれば婚礼にて直ちに白無垢が御入り用とのこと。

私めにお申し付け下れば早々に御用意致しまするが？」それは渋い色の打掛を羽織った年配のお女中だった。

「何？　そなたが？　左様か？　それは有り難い。じゃがはて？　ついぞ見掛けぬ顔の腰元であるな？」

天樹院としては突然姿を現した名前も知らぬ年配の腰元ではあったがそれでも天の助けとばかり喜んだ。

「私めは春日局と申す奥女中にて。天樹院様にはお立場の違いもあり江戸城にては中々お目に掛かれませなんだ。長らく大奥総取締役を任されて御座います。

大奥にては側室に用立てる打掛を始め婚礼衣装や白無垢も選り取り見取り数多く揃えておりまする。お急ぎとあらば花嫁様のお好みの白無垢を私めが手早くお着付けもさせて頂きましょうぞ」

「オオッ春日局であったか？　なれど今度の婚礼は内々の儀、それも内密にて他には洩らしておらぬ。何故大奥勤めのそなたがこれを存じおるのじゃ？」

額に皺を寄せ不審そうな様子をした天樹院だったが、春日局はそれには構わず、うっすらと笑みを浮かべ話し始めた。

「お方様それはめっそうな、御心配には及びませぬ。西の丸ではなくこちらの姫路城本丸にてお三方の大殿様が美酒を酌み交わしておられ、そちらからの命にて参り候えば。

天樹院様がお困りの様子を外より見て取られてに御座りましょう」

「ホウ？　お三方の大殿様が本丸にて美酒を？　わらわはその様な覚えはなく存じておらぬが？　なれど今はグズグズしておれぬ。誰ぞと申しても構っておれぬわ。まあ良い。そなたに任す故白無垢は良きに計らえ」

「ハイ、しかと承知にて。早速控の間に数点運ばせましょうぞ。なれど一つお頼み致しまする。

お方様も殿方も花嫁の着付けが全て終わるまでは決して控の間への出入りは御遠慮下さいませ。女子の着替えにてどうぞお気遣いを。この化粧櫓で暫くこのままお待ち下さいます様」

しかしこの時になって予想外の展開を見た千代姫はというと高貴な故その表情は取り乱さずとも内心愕然とした。

不安は次第に募るばかりで、こうなれば致し方ない。

舌を噛み切り自害して果てようか、などと意を決するばかりだった。

「ササ、それでは千代姫様こちらへ。控の間に御案内致しまする」

春日局にうやうやしく手を引かれ、後ろの襖が開けられるとその一つ奥が控の間であった。

そこには他のお女中の姿は一人も見当たらず、春日局と二人っ切りである。その時を見計らった千代姫は必死な想いで面と向かい言い放ったのである。

「春日局とやら、下がりおろう！　幸千代殿との婚礼などもっての外じゃ。わらわを徳川光友殿の正室と知りて愚弄されるか？　如何にしても白無垢に着替えよと申されるなら、この千代姫、舌を噛み切り自害致す。牢内の光友殿と共に死ぬる覚悟じゃ」

涙を浮かべんばかりのその様子に春日局は少なからず驚いた。だがその後になって突然目の前に跪きハハッと平伏したのである。

「恐れ多くも千代姫様と知りての御無礼を平にお許し下されませ。さればここに至る次第を申し上げまする。

　つい一時程前、家康殿よりのお呼びがあり、姫路城本丸にて名だたるお二方と美酒を嗜みながらの会議中にて手が離せぬ。されど西の丸の千姫様、イエ、天樹院様の御様態が先頃尋常でなく何かに取り憑かれし行状。それにて直ちに今捕らえられている千代姫様をお助けせよ。との仰せを承りますれば。毛頭こちらに白無垢などの御用意は御座りませせぬ。

　私めは兼ねてより先の家康公、二代将軍秀忠公、三代当主家光殿と三代に亘り御恩を賜りお仕え申した身、その御恩返しにと思い急ぎ参上した次第にて御座ります」

「何とあの曽祖父様家康殿が？　それは真であろうか？　ならばわらわは先程そなたに無礼を申した。許して遣わせ。春日局殿よ」

「ハハッ、況してや私めは家光殿の乳母となりて後にはお振りの方とのお引き合わせ、さらに千代姫様のお誕生と重ね重ねの御縁、お引き立てを頂戴して御座ります。

というても、今は斯様な打ち明け話どころでは御座りませなんだ。家康殿のお言い付け通りこの呪われし亡者の幻の城姫路城から直ちにお逃げ下されませ。

　早う、こちら側へお回りを。取り急ぎ御案内致しまする」

「左様か、ならばわらわも有り難い。春日局殿お頼み申すぞ」

「元より承知の上にて御安心下され。なれど返す返すも何とお労しや。幸せな千代姫様があの世でもこの世でもなき、亡者の世界に引き込まれしとは思いもせなんだ。はても姫様、まだお気付きになられませぬか？

この暗闇の城は真の姫路城では御座りませぬ。天樹院様の亡霊により作り出された幻の城にて、ここは現世の隣、霊界とお見受け致しまする」

春日局は控の間を出た後、急ぎ足で千代姫の手を取り早口で話し続ける。

「今何と申された？　それは真か？　この城が暗い霊界にある幻の城と申すのか？」

「左様にて故痛み入りまする。千姫様は待望の嫡男、幸千代君を亡くされし後は心を病み何処かで生きていると固く信じ込んでおられた。天樹院として世を去されしも成仏叶わず必死で霊界をさ迷い続け、運よくこの幻の城にて幸千代君を探し当てられたと察しまする」

「それは真か？　さすれば天樹院殿は伯母上とはいえ恐ろしきゆゆしき行状、わらわも光友様も霊界に引き込まれ亡者に惑わされていると申すのだな？」

「仰せの通りに御座りまする。さればその亡者に気付かれぬ内にこちらからお急ぎを」

そして春日局は廊下を滑るというより飛ぶ様な速さで走り、数分もせずに千代姫を牢にいる光友に導いた。

「サア、これでよい。ここは私めにお任せを。光友様千代姫様と共に急ぎこの城を出てお逃げ下さいませ」

「ウム、春日局とやら辱ない。恩に着るぞ」

二人は牢の隙間越しに手を取り合い顔を合わせて互いの無事を喜びあった。

しかしここに来て何としたことか。春日局が何処からか取り出した鍵が錆びていて牢の錠前が中々スムーズに開かない。慌ててガチャガチャと音を立てている間に廊下の奥が騒がしくなり、幾つかの灯りがこちらに急接近してくるではないか。よく見ればあの強者共三名が刀や槍を振り回し暴走して来る。

「あの者達も元は形の無き亡者にて御座いましょう。

光友様、千代姫様これに懲りず末長くお幸せにお暮らし下さいませ。では私めもこれにて役目を終えお別れ致しまする。なれどその前に一つお願いが御座います。お二方共に元の黄泉の世界にては豪華な打掛や羽織袴などもはや無用の長物、この場にてお脱ぎ捨て下さいます様に」

「あい、分かった。脱ぎ捨てて行く故後は宜しゅうに計らえ。

では春日局殿、世話になったな。これにてさらばじゃ」

やっと鍵が開けられ、その後光友様と千代姫様の二人は身軽になった体で固く手を握り合い一筋の光の射す空の彼方へと舞い上がって行きそのままプッツリと姿を消した。

その時何処からかポポッポポーポーポポッポーと八日目の朝を告げる雉鳩の鳴き声が辺りに響き渡ったのである。

そして残された幻の姫路城には突然大きな火の手が上がり真っ赤に燃え上がると、人とは思えぬ恐ろしい怒濤の唸り声がアチコチで聞こえた。三名の荒武者はともかく親玉である天樹院様のもがきは遠吠えの如く凄まじかったのである。

「ウォーッおのれ裏切ったな。千代姫め、春日局め、逃がすものか。何とわらわの城が、わらわの体が溶けて朽ちていくではないか？　幸千代、幸千代わが嫡男幸千代は何処じゃ？.」

「ここにおりまする母上、母上御安堵下され。見えませぬか？　幸千代はここに常に昔からずっとすぐお側に控えておりまする。この上は母上と某が永久に穏やかで幸せに暮らせる安住の地へ共に旅立ちましょうぞ」

わが子恋しさに必死で幸千代の名を呼ぶ亡者天樹院での声を最後に、暗闇の中の城は全てを被い尽くしメラメラと燃え跡形もなく消え去って行った。

どれだけ長い時間が過ぎたのだろうか？　美千代はボンヤリしていて何も覚えていない。しかし気が付くと特別室の床に横になっていて上から誰かの聞き慣れた声がする。

「雨宮さん、美千代さんったらどうしたのよ、こんな所で寝てたりして？　大丈夫？別に何処も怪我はしていない様だけど？」

「エエッ？　アッ、ハイ、済みません。私ったら？」

それが職場のお局様の声だと分かってから慌てて起き上がったがまだ頭が朦朧としていた。

「お掃除はもう終わってるみたいね。でも、本当に大丈夫？　貧血かも知れないし？予備室のソファーで暫く休んだ方がいいわ。それでね。先刻から館長が雨宮さんを呼んでるのよ」

「アッ、ハイ、分かりました。でも今何時ですか？　御迷惑掛けて済みません」

時間を聞いてみると何と何時間も倒れていたと思ったがたったの二～三十分間だけだった。

ホッとしながら慌てて立ち上がろうとするとお局様が笑顔で優しく支えてくれた。

「朗報があるのよ。少し前に若杉さんから館長に電話があったらしいの。行けば分かるけど明日からは出勤出来るので貴方にも宜しくって」

「ほっ、本当ですか？　若杉さんが館長に電話を？　明日から出勤出来るって？」

美千代はお局様の突然の話に目を丸くするばかりだった。やっと元気が出た所為かボンヤリしていた意識も一度にはっきりし、今までの記憶を少しずつ思い出した。

『そういえば、私はあの家系図を見ていた。すると可笑しなことに後ろから声がして振り向いたらあの座敷牢の前にいたわ。

その牢の中にいたのは徳川光友様。だけど光明さんにそっくりだったんだ。それからその後はえ～と？　やっぱりあれは全部夢だったのかしら？』

それ以後の記憶は依然としてボヤケたままで思い出せなかった。

しかしそれが夢の中の妄想だったとしても最後に春日局が出てきて自分と牢の中の光友様を逃がしてくれたことは覚えている。打掛を脱ぎ捨てた後は急に朧気だった意識が戻り二人手を取って暗い姫路城から脱出した。目の前に射してきた一筋の光に向かって。

そして雉鳩？　ポポ吉が朝を告げてくれた？　きっとそうなんだ。あれはやっぱり光明さんだったのでは？　その時に握り合った二人の温かい手の温もりだけは今でも記憶の中にしっかり残っていた。

それは自分にとっては単なる妄想だったのだろうか？　そうだとしても、今現実に彼が家に無事戻り明日から出勤するというのだ。とにもかくにも嬉しくて、全身の力が抜ける位ホッとしたのであった。

「アア、雨宮君、掃除はもう終わったかね？　何時も御苦労さん。

今朝若杉君本人から電話があり、君にも心配掛けたから宜しく伝えて欲しいと言っていたよ。

独自の視点から調べ物をしていたらしいが、その途中で急に倒れて意識が失くなり暫く病院に入院し休養していたというんだが、何、若いんだし、もうすっかり回復したそうだ。君には直接電話を入れると言ってたから、詳しい話は本人から聞いてくれたまえ」

「旅行じゃなかったんですね？　だけど急に意識不明で入院なんて？　でも無事に戻ってきてくれて良かったです。本当に有り難う御座いました」

あの元気な光明が急に意識を失うなど今までに聞いた覚えもなかったので、何か解せなかったのだ。だが今は自分も特別室での予期せぬ経験の所為で可成りショックを受けていてアレコレ考えたくなかった。

予備室で少し休ませて貰いその後何時もの仕事に戻ったが、今回で二度目になる特別室での訳の分からぬ経験は流石に館長の言う単なる関所どころではなかった。

しかし徳川光友様？　と二人で暗い城から逃げ出したなど到底信じてくれないだろうと、館長には何も言えず口を閉ざしてしまったのだ。


「アア、美千代さん？　僕だよ。こんな時間にゴメン。母さんからも聞いたけど家に来てくれたんだってね。

言い訳がましいけどスマホが全く使えなくて悪かったよ」

夜遅くに光明が平謝りで電話を掛けてきた。

「もう、光明さんったら本当に心配したのよ。八日間も入院なんて一体どうしていたの？」

「ゴメンゴメン、それに付いて詳しく話したいんだけど電話では長くなるし、宜しかったら明日朝勤務前に一時間位、何時ものミニレストランでモーニングなど如何でしょうか？」悪いと思ったのか可成りの低姿勢である。

「ウン、分かったわ。大丈夫よ。でも急だから八時少しは過ぎると思うけどそれでいいかしら？」少し開き直った感じで答えたがア・ウンの呼吸も相思相愛の二人には以前通りピッタリであった。

やはり通勤電車の時間もあり十分程遅れて店に着くと、光明は先に待っていて、しかも席から立ち上がり最敬礼でうやうやしく出迎えてくれた。

「どうもどうも本当に申し訳なかった。でも悪気じゃなかったし今度だけは平にお許しを」

「そうね。お母様からお聞きしたわよ。時々フラッと一人で旅に出るなんて全然知らなかったし」

「参ったな。だけど今度はそうじゃなくて色々可笑しなことが重なってね。事前に僕の予定を何も言わなかったのが悪かったけどさ」

光明はそう弁解しつつ、店員に二人分のコーヒーセット、目玉焼きとタップリのジャム付きトーストを注文してくれた。

「それがね。君にはまだ言ってなかったけど実は四～五年前に母方の祖父が亡くなってね。そのじいちゃんが大切に持っていた先祖代々の家系図が、最近ひょっこり引き出しの奥から出てきたんだよ。そういえば確か、『世が世なら儂も尾張徳川普代大名で何十万石の殿様じゃったし楽が出来たがのう』

などと自慢気によく言っていたのを思い出した。冗談とも思ったけどそれで博物館内の特別展示室にある徳川家家系図に興味を持ってね」

「その話はお局様から聞いたわよ。それに館長が言っていた独自の調べ物ってもしかしたらその関係だったりして？」

「ビンゴだよ。それで仕事が早く終了した帰宅途中、名古屋市内にある別の歴史資料館に立ち寄り家系図の流れについてもっと詳しく調べようと思った。

　ところがその帰り道電車に乗り、車内で取ってきた数枚のコピーの活字を追い続けた。そして最寄り駅に着いたその後のことなんだよ」

「エッ？　その後って、何かあったの？」

「そうなんだ。それがだよ。病院に入院した訳じゃないんだ。だけど館長にも言えなくて。君にも信じて貰えないとは思うけど酷い目に会ってさ。駅を出てから頭の中でコピーの家系図を辿り詳しい内容を思い出しながら歩いていると、何時の間にか道に迷って全く知らない所にいた。家の近くまでは来た筈だと思ったが、その時急に何処からか風に乗って変な話し声が聞こえてきたんだ。

『ウワッハッハッハ、今宵は実に愉快であるぞ。

　われら天下の三英傑、三人の家康がここに打ち揃い美酒にて久方振りの語り話、酒盛りとはな、ワーッハッハッハ』

ハアッ？　あの声は？　一体何のことだ？　三人の家康って？　と思ったよ。

その豪快な男の笑い声は上の方から聞こえた気がして思わず振り返り暗い空を見上げた。すると急に体が突風に吹き上げられ、あれよあれよと驚く間に地面ドスンとに叩き付けられその後気を失ったんだ」

「エーッ、そんな！　でも家系図って？　後ろから声って私の時と同じ様な？」

「何？　それ？　私と同じ様なって？　とにかく目を覚ましたら広い屋敷の中の廊下に倒れていて、そのすぐ横の襖の奥から先刻の同じ男らしい声が漏れてきたんだ。

『イヤハヤ孫娘の千が西の丸にて長らく住み着きおるが近頃病に魘され伏せっている、との噂、捨て置きも出来ず覗き見れば姿がない。

ならば折角故某の忘れ得ぬ分身であるお二方をお招きし、この本丸にて酒を酌み交し長年の苦労語、語り草など如何かと存じましてな？』

『ハハッ、家康殿、それは真に辱ないお心遣いにて候。

拙者は松平元康、今川と織田の桶狭間の戦いの後、闇討ちにて一命を断たれしが、その場に控えし影武者、貴殿の機転により先々も松平家を潰されず存続出来申した。

その代償にて後に徳川家康と改名されしが某も望んだ飽きることとなき天下取りへの

意気込み、それ故何ら遺憾は御座りませせなんだ』

『オオッ元康殿、そう申して下さればこの家康、一命を受けての有り難き幸せ。それに付けても元康殿の妻女築山殿、嫡男信康殿にしてもしかり。何としても天下を取りて治めねば、と心を鬼にして、情け容赦なく切り捨て申した。全く御無礼には存ずるが平にお許し願いたい』

『家康殿、無念には思うがそれは致し方ない。あの後信康が岡崎城にて生きて松平を継いでおれば非力な故どちらにしても織田方か豊臣方に滅ぼされお取り潰しに相違御座らぬ』

『オオッ元康殿、よう言って下された。有り難い。それにて某も思い残す悔いは御座らぬ』

『お話の途中、ぶしつけながら拙者先程三人目の家康と名指しされし者にて候。お二方の並々ならぬ御苦労、そのお言葉に恐れ多くも感銘を受けし御座候。

思い起こせしはあの大坂夏の陣にて大殿が真田幸村の恐ろしき一刀太、二刀太にて深手を負い駕籠の中にて亡くなられしは側近皆思いも寄らぬ悲運。皆悲しみに暮れしが常にお身の回りに寄り添い、家康殿によく似た顔の某に白羽の矢が立ち候。それ故そのまま何食わぬ顔にてその後一年は身代わりを務めさせて頂き無事往年の役目を終わらせまして御座ります。

　されど斯様なる過ぎたる事柄とは別に、大坂城より助けられし千姫殿には顔を知られとうなく一度も会いませなんだ。その後本多忠刻殿に正室としてお輿入れとなり、姫路城西の丸にて幸せにお暮らしの筈、それが昨今、病にて一人魘されしとはこれ如何に？』

『ママア、お控えあれ。それには深き子細ありて某も手を焼いておるのじゃが、されど今宵は無用なお気遣いなど酒も不味い。お気になさらず一献嗜まられよ』

『エエッ？　何だろう？　ここは一体何時代の何処なのか？　聞こえてくる言葉もまるで歌舞伎みたいでおよそ今の時代らしくない。そうは思ったか僕はちょっとだけ中を覗いてみたい衝動に駆られ、襖を二～三センチ開け中を凝視していた。するとすぐに暗い廊下の向こうから足音がして男が二人足早にやって来た。気付けば中の三人同様昔のチョンマゲ頭で彼らは着物の裾をはしょった下流用人に見えた。『お主、ここで何をしておるのか？　曲者とも思われぬ顔付き、その高貴な格好からしてやはり徳川光友殿とお見受け致したが？』

　エエッ？　徳川光友？　僕はそんな者ではないです。それより貴方達は何方ですか？　もしやここは歌舞伎座とか余程の大劇場では？

『何を馬鹿げた事を申される。ここは姫路城本丸じゃ。

先程よりその方を天樹院様が西の丸でお待ち兼ね故われらが今から共を致す。すぐさま廊下から立たれよ』エッ？　姫路城？　天樹院様って？

二人にギョロリと睨まれ慌てて立ち上がった。だがその時になってギクリとした。何と自分の服装も何時ものネクタイに背広でなく豪華な羽織袴、江戸時代の殿様風に、着替えた覚えもないのに突然変身していたのだ。エッ、何だこりゃ？　と思ったままではしっかり覚えている。

けれどその後その下っ端らしい武士達に縄を掛けられ引き連れられ暫く廊下を歩かされた。それから座敷牢に叩き込まれたまではボンヤリと覚えていたが、それ以後は全く分からなくなった」

「エーッ信じられないけどそれって本当なのね？　じゃあその後は私と千代姫様と同じだわ。光友様に変身してそれから先は何も覚えてないのね？」

美千代はただただ信じられずびっくりするばかり、光明の話を聞き頭が混乱してクラクラした。『繋がった！』夢でも盲想でも牢の前で二人が顔を合わせたのは確かなのだ。訳は分からないとはいえ急に嬉しくなった。しかしその気持ちを態と抑え次の質問をしてみた。

「でも無事に家に戻れたのなら、牢から出られたのよね？　その辺りは少しは覚えてないの？」

「そうなんだ、その後世にも美しい千代姫様と手を取り合い暗い城から逃げ出した？　そこにいた春日局がお幸せにと言って後で手を振ってくれた。けれど今思うとその顔も声も博物館の大先輩、三上さん？　お局様によく似ていたんだ。

　それに最初に襖を開けて中をそっと覗き見た時、三人の内の一人、家康殿と呼ばれていた真ん中の年配で恰幅のよい一番偉く見えた殿様だけどね、身形こそ違え声の様子も顔も館長のハンさんそっくりで目玉が飛び出そうな位驚いたんだ。だからそれだけは忘れられずはっきり覚えているよ」

「アラッそう？　そういえば偶然かしら？　私も最後に春日局を見た時変装した三上さんかと？　イイエこれは一人言よ。何でもないわ」

　光明が「エッ？」という顔でこちらを見たので小声で打ち消した。

　それなら手を取って一緒に逃げたという世にも美しい千代姫様はもしかしたら私にそっくりだったりして？」

「ウンそうだね？　そう言われてみれば確かに目元が？」

今になって美千代の顔を穴の開く様にジロジロ見上げる、そんな光明の恍けた表情が面白くてダサくて美千代はついゲラゲラ笑ってしまった。それは久し振りに明るく楽しい気分だった。

「目が覚めたら自分家の玄関前に大の字になって倒れていてさ。驚き桃の木だったよ。何日も飲まず食わずだったらしく起き上がると急に腹がグーッと鳴った。それで急いで家に入り、冷蔵庫の残り物とか、たらふく飯を掻き込んで、その後丸一日は熟睡したよ。その前に慌てて館長には詫びを入れたという訳だ」

「エエ、これまでの話はともかくそれは館長に聞いたわ。安心したけど、それで肝心の家系図の調査ってどうだったの？　尾張徳川家の子孫とかの話、お局様には聞いてるわよ」

「そうか。じゃあその話はしっかり耳に入ってたんだな。それにしてもこの店のブラックコーヒーがこんなに美味しいとは今が今まで気付かなかったよ」

光明は話の区切りが付いてやっと落ち着いたかの様子で、先に美千代に勧めてから自分もパンと目玉焼きを口にした。

「それがね。調べてみると江戸時代から現在までは余りに長く、しかも日本は太平洋戦争に巻き込まれて東京大空襲、名古屋大空襲、広島に原爆が落とされたり、国中が焼け野原になり、家系図に付いて引き継がれた詳細な資料は殆ど残っていないんだ。

　だから僕ん家の家系図も途中で尻切れ蜻蛉、惜しかったけど一旦諦めざるを得なかった。非常に残念だけど、ところがね」

「フーンそうなの？　それは残念ね。でもところがって？」

「実はこれも序でだと思ってね。君ん家の、雨宮家のルーツも出来る限り調べさせて貰ったよ。これも黙っていてゴメン」

「エーッ、私ん家の家系図まで？　そんな、いいのに。私の家はずっと昔から東京都の江戸川近くに住んでいた普通の家庭の筈よ、調べるだけ時間の無駄だって」

「そうは言うけどだよ。かれこれ一ヶ月程前だったかな？　それとなく君に御両親の親戚繋がりを聞いたことがあったよね？

　その家系筋から発覚したんだけど、古くはその一部が徳川家康公と係わりの深い駿河国から派遣されて、江戸城周辺に移り住んでいるんだ。江戸川周辺にもね。

　ホラ、例のあの千代姫様の生母、お振りの方は明智光秀の曾孫らしいけど、そちらの繋がりで尽力したり、何かと徳川家とは深い関係があったらしい。

　それの詳細、手掛かりもまだ模索途中だけど僕ん家のルーツよりまだまだ先に行けそうだ。もしかしたら江戸城は、千代姫様の故郷、ひょっとしたら君こそがその千代姫様の血筋、子孫だったりしてね！」

「マアッそんなの嘘よ！　何を言い出すのかと思ったら、万が一の冗談にしてもそれは絶対有り得ないわよ。

折角調べてくれて有り難いけど、もうそこまでにして欲しいわ。

いくら家系図に興味があったとしても何時までも完成しないパズルみたいにずっと続けていたらその内又きっとあんな危険な霊界、魔界に引き込まれてしまうわよ。

その熱心さが関所だってハンさんは言ってたし」

「熱心さが関所？　ハンさんが何て？　だけどそこまで美千代さんに言われたら仕方ない。これを持ちまして家系図、ルーツ探しは諦めて打ち切りにするよ。僕もあんな奇妙な恐怖体験はまっぴらゴメンだからね。思い出してもゾッとするから。それでいいだろう？

じゃあこれにてもとい、色々お騒がせして延期になってたけど最初に戻り、もう一度改めて僕の自宅に来て貰える？　今度こそ間違いなく駅までお迎えに上がりますから」

光明がそこまで話し終えると、二人は互いに顔を見合わせた。屈託ない笑顔が眩しく若々しく、そして窓際の特等席から賑やかな笑い声が響き渡ったのである。

「アッ、いけない。ソロソロ入館しようか？　ハンさんが太っ腹で寛大な人だから首にならずに済んだけど、流石に今日だけは早く出勤して慎重にしないと」

「フフフ、分かってるわよ。でもすぐそこだしまだ二十分はあるから大丈夫だって」

　幸福な時間はアッという間に過ぎてしまうものだ。その後二人はアレコレ言葉を交わしながら楽しそうにレジに向かい、その後揃って駆け足で自分達の職場へと進み行く。

　目前にドッカリと聳え立ち朝日に美しく輝いているのは、名古屋城西の丸御蔵城そっくりの知る人ぞ知る歴史博物館だった。そしてこれにてやっとめでたくハッピーエンドと言いたいが、しかし話はここで終わらないのである。


「オーイ、ボーイさん。大至急、あの二人と同じホットコーヒー、モーニングも二つ追加で頼むよ！」

「ハイ、オーナー、分かりました。すぐにお持ち致します」

　ミニレストランの一番奥の小窓から博物館内に消えて行く二人の姿をじっと窺っている年配のアベック？　男女がいた。

「あの博物館の鍵はとっくに開けてあるがここからはよく見えるから大丈夫だ。それにあの二人は知らないだろうが、この店のコース料理や飲物も特別安くて上手いのは儂が博物館だけでなくこの店のオーナーで随分出資もしているからだよ。

それにしても春日局、嫌、福子女史、今回はようやってくれた。礼を言うぞ」

「イイエそんな、勿体ないお言葉、私は長年お世話になっている家康様、イエ館長のハンさんの仰せに従っただけで」

「オオッ、そうであったな。しかし長年の縁も良縁ばかりでなく身内といえども切り捨てねばならぬ最悪の縁もある。福子女史のお陰で前々から特別室に住み着き手を焼いていた儂の孫娘千姫ならぬ天樹院の魂が、やっと悪霊から解き放され天に召された。

それればかりか大切な二人を亡者の城から生きて助け出してくれた。それこそが真に有り難いぞ」

「ハイ、それはもう仰る通り天樹院様も今頃は黄泉の国にて幸千代君と二人、安住に暮らしておいででしょう。そう思って私もホッとしております。

とはいえその大切なお二人についてで御座いますが、若杉様の話を聞きますとお二人の家系図はそれぞれ尾張徳川家光友様と、江戸城は千代姫様の血筋だなどとは本当で御座いましょうか？」

「嫌、それは儂にも難しくてよう分からぬ。だが分かっているのは若杉光明君と雨宮美千代君がそれぞれ光友様と千代姫様に顔も生き写しでその生まれ変わり、つまり甦りだという真じゃ。それを知ったからこそアチコチ、遠くまで旅をして二人を捜し当て、この博物館にスカウトしたんじゃ」

「お二人は代々の生まれ変わり？　そう、そうで御座いましたね。家康様、イエ、今は館長のハンさんでしたが」

「その通り。それで三〜四年は博物館を留守にせねばならずその間臨時の館長を、しかも儂によく似た男を募集した。すると韓国籍の日本歴史研究家が応募してきてこれはいいとすぐに採用した。その男が하준（ハジュン）、ハンさんなのだが、その三〜四年後には儂と交代で韓国へ帰って行ったんだよ。その後、色々変更する手続きが面倒で、儂はそのまま名前を引き継ぎハンさんのままで通している。それでも別に何の支障もないしあの若杉君も雨宮君も就職する前で、その実は知らない。だから都合も良かったんでね」

「ハイそれも承知しております。私も代々の補佐役の一人ですが、博物館の運営も昔から徳川家、延いてはその血筋であるその本元、家康様御本人が苦労して引き継いでおられる。それというのも」

「そうじゃ天下一の徳川家も大政奉還にて七百年続いた武家政治と共に滅びねばなら

なかった。

　だがその功績は比類なく大きく、何れは又復活をと願う徳川の子孫等により水面下で着々と準備し徳川の世の再生と繁栄を目指していると思われる。

　それ故今後も何としても徳川の血を絶やすまい。

　そう決意してやっと現代に繋がるあの二人を捜し当てた。この上はあの二人を結婚させドンドン子孫を増やして貰わねばならぬ。その上で今後も福子女史の力を借りたいが異存はないか？」

「ハイ、元より承知しております。あの御様子では近々御結婚となりその内すぐに健康なお子様も誕生なさるでしょう。それまでもそれ以後も私は大事ない様温かくお見守りさせて頂きます。それと同様に以前より私がお世話を任されているあの雉鳩のポポ吉と、博物館裏の林に住んでいるその家族も元気にて御安心下さい」

「そうじゃった。そういえばあのポポ吉の先祖も昔名古屋城周辺に棲み着いておってな。光友殿と千代姫が庭に餌を撒き、慈しんでおったらしい。

　それ故代々のポポ吉も、学問に熱心だった光友殿の甦りであり、同じ様に歴史調査にも探求心の強い若杉君に恩義を感じ付かず離れずこの博物館裏から若杉家まで行き来しておる。

そしてあの時彼等二人が亡者の城から逃げ出す時もポポ吉が闇の世界から現実の世に導いてくれたのじゃ。

まるで忍者の様であろう。お犬様ならぬお鳥様じゃわ。

それはさて置き春日局よ、ここでは三上だが本名は斎藤福子じゃったな？　お主は昔から真に勇気ある、よく出来た女子じゃ。その心根に惚れ惚れするぞ。そうじゃ。心根といえばあの戦乱の世を江戸時代を思い出す。

孫の家光がまだ幼名を竹千代と申した頃お主の先祖は乳母を仰せ使っていた。しかし竹千代が病弱にて弟の国松を次期将軍にと推す声もあり極秘で駿府城の儂を頼ってきた。

それも自らの命の危険をも省みず、お伊勢参りと見せ掛けてな。その並々ならぬ忠義心には今更ながら感服するぞ。その上家光の世継ぎを慮り大奥を開設して一大奮起、思えば春日局の多大なる功績のお陰で、徳川家は世継ぎにも恵まれそのお陰で三百年も栄え続けた様なものじゃ。そしてその徳川の血は今も人知れず脈々と絶えず流れておる。福子殿、よいな。お主の采配に任す故今後も宜しゅう頼むぞ」

「ハイ、勿論、何時でも何なりとお申し付け下さいませ。私めも代々の家康様同様春日局の甦り何時の時代、何処までも家康様の為なら火の中水の中一筋にお仕え致す所存にて」

「左様か？　よいよい、それでこそじゃ、愛い奴め。ウワッハッハッハ」

その大口を開け豪快に笑った声と顔それこそは正しく甦りとはいえ、あの夜光明が幻の姫路城本丸で垣間見た三人の家康の内の一人、しかも千姫を孫娘とする偉大な天下人であった。三上福子が春日局であることも同様であったが光明も美千代もまさかと思いそれにには全く気付いてはいないのだ。

それはそれで良いのだが、あれ程強引で押し付けがましい館長の言葉や態度に拘らず福子は全く逆らわず素直に命じられるまま、むしろ喜んで従っている？

家康も福子も過去からの転生というがだ。しかしそれとは別に本家本元の天下取り将軍、徳川家康は女好きでも有名だった。

側室も並外れて多くそれ故子宝にも恵まれた。

そんな家康に特別に重宝された春日局だが、実は家光は二人の間の隠し子ではないかなどと取り沙汰された時期もあった位である。

ならば今の世にまでも切れる事なく続くその家康公と春日局の真実の男女関係は？

さらには前出の三人の家康は本当に存在したのか？　それとも単なる噂、絵空事

書　名				
お買上 書　店	都道 府県	市区 郡	書店名	書店
			ご購入日	年　月　日

本書をどこでお知りになりましたか?
1.書店店頭　2.知人にすすめられて　3.インターネット(サイト名　　)
4.DMハガキ　5.広告、記事を見て(新聞、雑誌名　　)

上の質問に関連して、ご購入の決め手となったのは?
1.タイトル　2.著者　3.内容　4.カバーデザイン　5.帯
その他ご自由にお書きください。
(　　)

本書についてのご意見、ご感想をお聞かせください。
①内容について

②カバー、タイトル、帯について

弊社Webサイトからもご意見、ご感想をお寄せいただけます。

ご協力ありがとうございました。
※お寄せいただいたご意見、ご感想は新聞広告等で匿名にて使わせていただくことがあります。
※お客様の個人情報は、小社からの連絡のみに使用します。社外に提供することは一切ありません。

■書籍のご注文は、お近くの書店または、ブックサービス(0120-29-9625)、セブンネットショッピング(http://7net.omni7.jp/)にお申し込み下さい。

料金受取人払郵便

新宿局承認

7552

差出有効期間
2024年1月
31日まで
(切手不要)

郵便はがき

1 6 0-8 7 9 1

141

東京都新宿区新宿1－10－1
(株)文芸社
愛読者カード係 行

ふりがな お名前		明治 大正 昭和 平成 年生 歳
ふりがな ご住所	□□□-□□□□	性別 男・女
お電話 番 号	(書籍ご注文の際に必要です) ご職業	
E-mail		
ご購読雑誌(複数可)		ご購読新聞 新聞

最近読んでおもしろかった本や今後、とりあげてほしいテーマをお教えください。

ご自分の研究成果や経験、お考え等を出版してみたいというお気持ちはありますか。

ある　ない　内容・テーマ(　　　　)

現在完成した作品をお持ちですか。

ある　ない　ジャンル・原稿量(　　　　)

か？

それも今となっては果てしなく遠い遠い過去の出来事、妄想か史実か？

全ては時の流れという暗い闇の中に沈み込み、疑わしきベールに隠された永遠の秘密であり、不可解な謎なのであった。

――完――

ユッキーとフッチーのミステリー事件簿　第六話

茶臼山高原殺人事件

八月半ば、ある蒸し暑い午後の事だった。

ユッキーとフッチーは愛知県豊根村に位置する茶臼山高原を目指し、フッチーのマイカーで出発した。

中部圏内に大型台風が接近しつつあると知っていて、それにも拘らず一泊の予定にしたのにはそれ相応の単純なる理由があった。

先回ではフッチーがウルトラマンとも呼ぶ体育会系男子、素笛正人（そぶえまさと）とお付き合いを始めていたが彼は空手三段であり道場で小中学生の指導をしている。夏休み中にその弟子達を十五人程引き連れ茶臼山キャンプ場での三泊四日、空手合宿訓練を計画したのである。

しかも半年前に申し込みやっと取れた予約なので今更簡単にキャンセルも出来ない。

少々の雨、風位は大丈夫だろうと踏み強行軍に及んだのだ。

もしやの時の設備も整っていると聞いたし、付き添いの父兄が相談して大丈夫だろうと考え了解してくれたからでもあった。

そしてその企画に共鳴した我がフッチーが是非とも素笛の応援をし陣中見舞いに行きたいと熱望した。こうなると長年の親友であるユッキーが誘われるのは成り行き上当然のことであった。

「そういえば今年の夏は特に暑いから偶には涼しい高原での森林浴もナイスね。じゃあ飲み物とかおやつなんかを用意して差し入れしてあげようよ」

ユッキーも例の如く二つ返事で承知してくれたので急な話ながらア・ウンの呼吸ですぐに纏まった。


そして出発当日が来た。ナビ確認をしながら慎重に足助の香嵐渓を通り抜け一時間程クネクネと山道を行く。やがて自然な森や林も涼し気な奥三河に入ったが、そこから少し寄り道をしてみて、道の駅豊根グリーンポート宮嶋に入りトイレ休憩を取ったのだ。

「フッチー、前もって茶臼山高原辺りをネットで検索してみたわ。バーベキューの森では火起こし体験やドラム缶でピザを焼いたりですってよ」

十分程だったが店内入り口のベンチに腰掛けスマホ片手に話も弾む。

「ギエッ、そんなら涼しい高原の風に吹かれながらホカホカの焼き立てピザが食べられる？

　ウッ、それは絶品だわ！」

「フッチー、九月になれば露天販売やいも煮会とかもね」

「ウウッ、いも煮会？　美味しそう！　それもいいよね！」

　食べ物に目がないフッチーは今にも口からよだれが流れ出そうである。

「マア、九月には来られないからいも煮会は残念だけどさ。今回テントや寝袋も完備、コテージも空きがあって良かったよ。安く借りられたし」

「そうよ。ラッキーだったわ。キャンプファイヤーも彼と一緒にロマンチックに、と言いたいけど微妙、フッチー、子供達の目の前で二人っきりになるのはちょっと無理かもね？」

「ウン、そりゃあ仕方ないさ。承知の上だよ。彼のお邪魔虫に来たんじゃないから大丈夫！」

　そんなこんな喋くった後でやっと腰を上げ車に戻ったが、先を急いでいた都合上申し訳なかったが店内では何も買わなかった。

　そして道の駅から出ようと車のハンドルを大きく切った時、丁度一台の青いセダンがすぐ前にあり、駐車場から車道へ出て行くところだった。

その車を運転しているのは四十代後半位の上品な黄色いパーカー姿の女性で、助手席にはスポーティな服装の十四～五歳位の女の子が同乗していた。

フッチー達はその前に偶然その二人が店内から出て、青いセダンに乗り込むところをベンチで何気なく見ていたのである。

「あの人達夏休みだから親子でドライブとか買い物かしら？　仲良さそうで微笑ましいわ。何か私達独身者には羨ましいわね。ウッフッフ」

などと、アラフォー女性の二人は余計な詮索をしながらもその車の後から同方向に右折した。

ところがその後の走行は想定外のやっかいな状況となった。

後ろから凄い勢いで黒い車がギリギリ追い上げてくるではないか。

二人はすぐに気付いたが、どうもフッチーの車を追い越そうとしたらしい。

クラクションをブーブー鳴らし、どけ、どけと言わんばかりだが道幅は狭いし追い越し禁止車線がずっと続いている。全く失礼な運転手だと思いバックミラーでチラチラ後ろを見ると車は高級そうな外車のＢＭＷ、人相悪そうな黒のサングラス男がギロリとこちら、前方を見据えているではないか。

「ウワーッ、ヤダ、後ろの車完全に威嚇運転だよ！　警察に通報してやろう！」フッチーは息巻いたがユッキーが慌てて注意した。

「フッチー、待って。今は相手にしない方がいいよ。それより車を止めて先に行かせて。

係わらないのが無難だって！」

「ウン、分かった。モタモタして追突されたら堪らんしね。そうするわ」

それからすぐに幅広の湾曲部分を見つけやっとのことで道路脇に車を止めた。

その様子を見届けるや否や無礼な車はアッという間に通り過ぎた。サングラスの男は振り向き様にニヤリと笑った様子だが、半袖の腕には派手な登り竜らしき模様のタトゥーが目立っていた。

「こんな細い山道で威嚇運転って何さ？　折角の楽しいドライブが台なしだわ！」

フッチーは怒り心頭ながらそれでもＢＭＷの車両ナンバーだけはしっかりメモるのを忘れなかった。

ユッキーはイザコザにならずに良かったとホッとしたが、それから間もなくして車は茶臼山高原キャンプ場へ到着したのである。

「アッ、フッチーあの一番奥になら空いてるから停められそう！」

季節柄か。駐車場は殆ど満車で大型のキャンピングカーも数台止められていた。

ユッキーの誘導で一番端っこに何とか駐車出来たが、ふとその横を見ると見覚えのある青いセダンが停まっているのに気付いた。

「アレッ？　ナンバープレートもこんな番号だったしやっぱり同じ車だわ。ユッキー、あの人達もこのキャンプに来てたんだ！」

「本当、そうみたいね」

別にどうってことないとユッキーも軽く頷き、それから二人は車の後ろから大荷物、パンパンに膨らんだ登山用のリュックサックなどドッコラショと引っ張り出した。

やっと車外に降り立ってみると流石に空気も美味しくて清々しい。二人して大きく深呼吸したがこうして自然に囲まれ落ち着いてみると、ユッキーは茶臼山ではないが、ふと自分も昔、小学生の頃、愛知県民の森キャンプ場で一泊した経験を思い出した。

その森は日本百選にも指定されているとかで有名だが、ハイキングコース沿いには下石の滝、亀石の滝、蔦の滝などが連なり、流れる小川でみんなで一緒に水遊びをした楽しい記憶も甦ってきた。

「この高原も素敵！　断然涼しいし来てよかったわ！」

「広々していいけどさ。目的のキャンプ場は一体どの辺りにあるのかしらん？」

「ＯＫ！　それもネットで確認したわ。テントサイトはあちら側に見える森の入り口らしいわよ。それとこの休暇村にはレストランやお風呂、コインランドリーまで使用可能、昔と比べたら随分近代的なのね！」

「フーン、成～る程、至れり尽くせりじゃん。

それで彼もきっとここでの合宿を決めたんだな」

フッチーもやっと納得とばかりに快活に笑い、二人して登山用のリュックを背負って一歩ずつ歩き出した。

両手のバッグには差し入れ用の飲み物やおやつがギッシリ詰め込まれている。

木々の間を縫ってエッチラオッチラ進んで行くと、程無くキャンプ場の白いテントがアチコチに姿を現してきた。そのまま歩いて行くと、

「オーイ、こっち、フッチーこっちだよ」

キョロキョロ見回していると、何処からか声が聞こえてきて、見れば前方右側のテント横で素笛がしきりに手を振り呼んでいた。

「アラッ、フッチーあそこで手を振っているあの方が素笛さん？　ガッチリしてるし流石に素敵、フッチー憧れのウルトラマンなのね？」

ユッキーは初対面なのだが、そんな声も耳に入らない様子でフッチーはひたすら一

目散に素笛の元に駆け寄って行った。そして愛想よくニッコリ笑い言葉を掛けようとしたが、何とその周りにはアラアラと思う間にワンサと小中学生が集まってきたではないか。口々に何か叫びながら。

　素笛も子供達も皆ジャージ姿で丁度野外活動の真っ最中らしかった。

「初めまして。合宿中なのに二人で押し掛けてすみません。

私フッチーの友達で小木原優紀(おぎわらゆき)と申します。どうぞ宜しくね」

　フッチーが面食らってアタフタしている間に、ユッキーは前へ進み出て素笛にちゃっかり自己紹介をしている。

「アア、これはどうも。フッチーからお噂はよく聞いております。こんな所にまで一緒に来て頂いて恐縮です」

　素笛は少し申し訳なさそうに笑い頭を掻いた。これが三人での初の出会いとなったがそれを間近で見ていた小中学生の弟子達が大騒ぎ。

「先生、このお姉さん達何者ですか？」

「俺こっちのショートカットのヘアスタイルのお姉さん、道場で一度見た事あるよ」

「フーン、もしかしてそれならこっちの強そうなショートカットが師匠の恋人だったりしてさ？　それともロングヘアの方かな？」

中学生らしい背のヒョロリとした男子が二人を見比べジロジロ見ると、全員がふざけて大笑い。

隣のテントにいた付き添いの父兄達までが何事かとゾロゾロ顔を出す始末である。

「マア、マア、いいから。それよりみんなお菓子やジュースを沢山頂いたからお礼を言いなさい。

ここに、キチンと並んで整列！」

こうなると素笛師匠もませガキ共の統率に大わらわだ。

「アラッ、でもよく見るとみんなイケメンばかりで可愛いわね。空手の練習頑張ってウルトラマントリガーみたいに強くなるのよ、ファイト！」

フッチーも苦笑い。仕方なく子供相手にお世辞タラタラである。

「そうよ。みんな強そうでカッコイイワ頑張ってね！」

ユッキーまでも優し気な笑顔で声を掛けたので、皆照れ臭そうに一斉にお辞儀をしてくれた。

その場の成り行きに素笛も戸惑い気味だったが、フッチーの方もこれ以上はお邪魔虫になりそうだと思い居た堪れぬ状況下に陥った。

「麓にはゴーカートやボート観光などもあるし、この辺りをグルリと散策してくるといいよ」

けれど素笛がそう勧めてくれたのをきっかけに、二人して元気よく手を振りながらその場を退散したのである。

しかし先に管理事務所に寄り、荷物を置き整理をしようと、予約しておいたコテージに向かった。

するとそんな時になって四～五メートル前方から母娘の二人連れがこちらにやって来るのが見えた。すれ違い様に挨拶してくれたが見れば何処か見覚えのある二人だ。

「今日は、アレッ貴方方はもしかしてさっき道の駅にいらっしゃった？」

最初にユッキーがそう話すとフッチーも振り返り「アア、そうだった」とすぐに気付いた。

「やっぱりあの時の？　ここの駐車場に車があったから私達と同じハイキングとかのヴィジターだったりして？」

「エエッ、私達がハイキングのヴィジターですか？

コテージに泊まるので一応そんなところですけどね。

そういえばお二人には途中の道の駅でお会いしましたわね」

母親の方が少し躊躇い勝ちな様子で微笑んでくれた。しかも聞いてみればコテージがお隣同士と分かった。袖すり合うも多少の縁とばかり女性同士すぐに親しくなった。

「そりゃあこちらはハイキングや避暑にはいい所ですよ。

私と娘は何回も来ています」

母親は緑川波江（みどりかわなみえ）、娘は真由美（まゆみ）と名乗り愛知県は岡崎市本宿方面から来たそうだ。だがそれにしても娘の真由美の方は何故かずっと下を向いたままで元気がない。顔色も青白く何処か具合が悪そうだ。

「真由美大丈夫なの？　お薬は飲んだわよね？　アッ、ゴメンナサイ。実はこの娘（こ）中学生になってから少し鬱病気味になってまして。イエ、元々は元気なんですが」

波江は見兼ねたのかフッチー達の目の前で心配そうに真由美に話し掛けた。

「エーッ、そんな！　真由美ちゃんが鬱病ですか？」

二人が驚いて心配そうに真由美の顔を覗き込むと、そんな優し気な様子につい絆されてか、波江は思い余った表情になりボツボツと言葉を選び始めた。

「多分御存知ないとは思いますが、実は四年前の夏にこの真由美の弟、当時五歳だった精輝（せいき）がこちらの茶臼山高原で行方不明になりまして、未だに全く消息がつかめないのです。運悪く二年前には病弱だった主人も心配しながら亡くなり、その頃から真由美も次第に塞ぎ込んでしまって鬱の症状になってしまい」

「エーッ、この高原で五歳の弟さんが行方不明？　お父さんまで亡くなられるなんてそれじゃあんまり悲し過ぎるわ。ネエフッチー」

「本当にそんな事件が？　でもその精輝君は何故そんな状況に？　未だに見つからないのですね？」

　思わぬ気の毒な話にユッキーもフッチーも驚き眉を曇らせた。

「その当時は家族四人元気でしたし、リゾートを楽しもうとこちらのコテージを借りました。

　一泊した翌日の夕方になって私も主人も疲れてコテージの中でゴロンと横になっていると、退屈した精輝が一人で外へ飛び出して行きました。高原の周囲を探検してくると言うので後一時間して晩御飯までには必ず帰る様にと何度も声を掛けました。けれどそんなに遠くへまで一人で行くとは思ってもおらず、真由美はその時ゲームに夢中になっていましたし、誰も一緒に付いて行かなかったのですよ。

　あの時引き止めておけばこんな事にはならなかったのですが」

　波江はそう話しながら鼻をグズつかせ涙目になっている。

「それから一～二時間して晩御飯の時間が過ぎても戻ってこないので何処かで迷っているのかと、その後家族でアチコチ、高原の上から下まで真夜中になるまで必死で捜しました。名前も大声で呼びましたがどうしても見つかりません。それから仕方なく管理事務所に行き、警察に連絡して捜索願を出しました。

その後何ヶ月も掛かって警察や地元のボランティアさん大勢で山狩りや湖の中、谷川なども捜索して下さいましたが何一つ手掛かりもなく、気付けばもう四年が過ぎてしまっています。私達はただ無事を祈るばかりですが、今年もじっとしていられず真由美と二人でこうして又こちらのコテージに来てしまいました。

ここに来れば何時かきっと精輝に会える様な気がしてならないのです」

波江の不幸な身の上話は余りにも衝撃的でユッキー、フッチーは痛く同情した。

「でも緑川さん。もしかしたら精輝君は何かの事故に巻き込まれ何処か遠くへ連れ去られたとかじゃあ？　ユッキー、そう思わない？」

「そうかも知れない。遠くで元気でいても子供の足ではすぐに戻ってこられないという場合もあるわ。諦めずに希望を持って。真由美ちゃんも頑張ってね」

「ハイ、有り難う御座います。御親切に甘えてこんな内輪話を聞いて頂きましたが、私達のことは余り気になさらずに楽しんで行って下さいね。私共も今からグルリと麓の方へ歩いてみます」

「じゃあ真由美ちゃんも気をつけて行ってらっしゃい」

母娘を見送った後、二人は自分達の借りたコテージへ行き管理人に渡されていた専用の鍵でドアを開けた。

悲惨な緑川家の内情を聞いた後では何か気分も落ち込んだが、とはいえじっとしてもいられない。

二人してトットとバッグからパジャマや着替えを出したりして、荷物整理を始めた。

「寝袋と毛布を借りに行こうか？　案外夜は冷え込んだりするかも」

一応落ち着いたが散歩の前に用事を済まそうと外へ出た。

ところがコテージから五〜六歩歩いたところで思い掛けずあのフッチーの憧れ素笛師匠にバッタリ出会した。

「ヤアッ、さっきは気を遣って貰ってゴメンヨ。今からは夏休み日誌などの自由学習時間にしてあるのでチョックラ様子を窺いに来たんだ。二人共何か困ってないかな？」

「ウワーッ、有り難う！　流石ウルトラマン心配して来てくれたんだ。感謝感激！」

フッチーは大喜び、これ見よがしにユッキーの前で大袈裟にはしゃいで見せたがその内急に真顔になった。

「困ってはいないけど、そう言えばさっき隣のコテージの方から話を聞いたんだけどさ。四年前にこの高原で五歳の幼児が行方不明になり、未だ発見されてないとか。素笛さんそんな事件について何か聞いてる？」

「幼児が行方不明？　四年も前と言われてもな。けどそう言えばこの近くの根羽村出身の先輩がいてそれに似た話をしていた様な？」

「へーッ、根羽村に素笛さんの大学の先輩がいるの？」

「アア、下宿先のワンルームが同じ階だったので親しくしていて今でも連絡を取り合ってるんだ。実はこのキャンプ場も彼に勧められてね」

「フーン、それでその似た様な事件ってどんな？」

「そうだ、思い出した。幼児のことは記憶にないが先輩の檀那寺の修行僧が一人行方を晦ましたそうな。それも四年前で同時に唯一その寺のお宝である高さ二十センチ位の黄金の仏像が消えていたんだと。

　それでその僧がバチ当たりにも欲に目が眩み盗んで逃亡したのではないかと、一時モッパラの噂になったそうだがその後その事件も未だに明らかになっていないようだ。仏像も修行僧の足取りも警察は全く摑めていないないみたいだよ」

「フーンそうなんだ。じゃあ偶然にも山寺の坊さんと精輝君行方不明事件が同じ四年前に重なったという訳なんだね」

フッチーはそれまで黙って隣で話を聞いていたユッキーと顔を見合わせ頷いた。

「マア、フッチーも、ユッキーもそう事件、事件と目くじら立てずに。折角の美しい顔に小皺が増えるよ！

二人してミステリー好きとは聞いていたけどね。そういえばこの茶臼山にも取っておきの怪談があるよ」

「エエッ、そんな！　私達特別怪談話が好きでもないけど？」

互いに我こそが美しいと信じている二人の表情が煽てられてパッと明るくなった。

「これも二、三ヶ月前にキャンプ場の下見に来た時、偶々地元の人から聞いた話なんだけどね。あちらに見える茶臼山湖周辺に夜になると時々人魂みたいなボーッとした灯りが揺れているんだって。この辺りで亡くなった誰かの幽霊とかじゃないかって気味悪がられてるそうだよ」

「エエッ？　ギャーッ　嘘ーッ、今時人魂なんて！」

ユッキーは顔を押さえ悲鳴を上げたがフッチーの方はその位何のその平然としている。

「もうー、ソブ正ったら現実のミステリーに作り話の怪談を重ねて私達を恐がらそうとしてるんでしょうが？」

「何？　ソブ正？　嫌々そうじゃないけどこれも単なる噂だからね。本当のところは夜中に見届けに行った物好きなどはいないらしい。だからといってこれはここだけの話にして忘れてくれ。危険だからくれぐれも夜中にはウロウロと勝手な行動はしない様にね。

それより晩御飯はカレーだからよければ手伝いに来てくれる？　それまでゆっくり辺りをウオーキングでもしてくるといいよ」

フッチーは調子に乗り愛を込めてソブ正なんて呼び捨てにしたが、そのソブ正は『しまった。ミステリーマニアだという二人にこんな打って付けの話をするんじゃなかった』などと後悔したがそれも後の祭であった。

彼の後ろ姿を横目で追いながらフッチーが一人でボソボソ呟いた。

「もしかしたらその人魂って今でも出るのかしらん？　ユッキー、今夜キャンプファイヤーの時にあちらの湖の林の方まで調べに行ってみようよ。こんなチャンスは二度とないかも知れないしさ」

「エエッ、だけど素笛さんが夜は危険だからウロウロ勝手な行動はしない様にって？」

「大丈夫、キャンプファイヤーの火で辺りは明るいし、却って安全だよ。それにそう遠くでもないじゃん」

ユッキーは一応反対はしたがそれでも何時もと変わらず恐い物知らず、強引な相棒にはとても敵わなかった。

やがて夕方六時頃、日が落ちてきた頃に先程の弟子、小学生男子二人がコテージまで二人を呼びに来た。

「お姉さん達、今からカレーを作るので宜しくお願いします」

素笛に頼まれたと言うが流石に食べ物となると素直で礼儀正しい態度ではないか？

フッチーはハイハイと生返事をしてからユッキーと一緒に調味料などを入れたポリ袋を持ちキャンプ場の炊事場まで馳せ参じた。

「お待たせしました。こちらの大鍋でいいのね？　それじゃあどんどん私達にお任せあれ。仕上げをごろうじろう！」

用意してきたエプロンを身に着けると早速料理に取り掛かったが、特にフッチーは我然その気になっている。普段はジャジャ馬のおてんばだが今日はそれどころではない。これも婚活の一部、何とかこの機会にソブ正に料理上手と認めて貰い株を上げたかったのだ。

「時間はまだ充分あるから慌てなくていいさ。

カレーはじっくりコトコト煮込む方がコクがあって美味しいそうだから」

素笛は日焼けした健康的な笑顔でフッチーにそう話し掛けた後、そこから少し離れた広場に行き子供達とキャンプファイヤーの準備を始めた。

「エーッと牛肉、玉ネギ、人参、じゃがいもはザックリと、これでよし。ところでユッキー二十五人分ってカレーのルウこれ二箱全部でいいよね？　隠し味は塩、胡椒、醤油に味醂と」

「エエッ？　フッチー、和風料理じゃあるまいし醤油、味醂は入れない方がいいわ！」

そんな様子を見兼ねた父兄、母親達も手を貸してくれ、その内ハンゴーのご飯もブクブク美味しそうに煮え滾ってきた。

「オオッ、これで全て完璧だ。バッチグーだわ！　後は即席コーンスープにデザートはリンゴをと」

「そうね。ではソロソロお皿やスプーンを用意して子供達に順番に並んで貰いましょう」

そしてカレーの中身の具材はゴロゴロと大きく不揃いではあったが、大勢で食べる野外での食事はそれ以上に美味しかったのだ。子供達も、喜んで何度もお代わりをしてくれた。

「フッチー、大成功で良かったね。彼もさっき、二人共料理上手だねって褒めてくれたわよ」

「そ～お？　マア、それ程でもあるけどね」

カレー如きにチラリとソブ正を見ながら得意顔である。こうして二人も子供達と一緒にワイワイと楽しくカレーのお相伴にも与ったのである。

「それはそうとさっき彼が言っていたよね。山寺の坊さんと精輝君行方不明の時期が丁度重なってるって。それって単なる偶然だと思う？

こんな静かなしかも狭い山村地域で同時にだよ？

そんな所に人魂まで出るなんて三拍子揃い過ぎだよ！」

「エッ、だけど私に急にそう言われてもね、でもまさか？」

「そのまさかなんだわ。今からその人魂が出そうな湖の向こう側、林まで調査に行こう。レッツゴーだよ！

ソブ正に気付かれない内に早く早く！」

「エエッ？　だってフッチー本当に今から行くの？」

こうなると仕方がない。ユッキーはフッチーに手を引っ張られ渋々腰を上げた。

キャンプファイヤーの火は高く赤々と燃え上がり、その下を腰を低くしたまま突っ走ったので、運よく二人の行動は誰にも悟られなかった。

そしてユッキーは途中モタモタと転びそうになり、何時の間にか懐中電灯まで用意しているフッチーの後を追う。

するとその内湖の岸伝いに登り坂になった辺りから林に続いていた。

「へーッよく見渡しても別に何てことない普通の林だよ。亡霊も人魂も出そうにないわ。期待外れもいいとこじゃん」

などとフッチーは強がりを言いながら雑木の隙間を抜けてさらに四~五メートル先に進んだ。ところがその直後だった。

「エーッ、あれ何だろう？　ユッキー、ちょっと、ちょっと、早く来てったら！」

毎度の単なる人騒がせだろうと思ったが、ユッキーは声のする方向へ急いで駆け付けた。

「何してるのフッチー、やっぱりここは暗くて恐いからもう引き返そうよ！」

そうボヤきながらふとフッチーが見上げる一メートル程上部、懐中電灯に照らされた小枝を凝視したが？

「ギャーッ、フッチー、アッアレ、何？　が、骸骨じゃ!?」

身震いして大きな悲鳴を上げた。何故ならフッチーの照らす枝先には、丸くて白い骸骨の頭が一つポッカリと不気味に光り、ユラユラと風に揺れていたからだ。

しかも深く窪んだ二つの目が上の方からじっと自分達を見下げているのだから堪らない。

それにしても、そんな時でもフッチーは何故か冷静を保っているではないか。

「ウン、ユッキーの言う様にあれは確かに骸骨だよ。私も一瞬はヒヤッとした。だけどよく見ると人間の頭にしては小さすぎるしさっき触ってみたら嫌にツルツルして奇麗だからきっとプラスチックの作り物だと思う」

などと開き直り澄ましているのだ。

「エーッ嫌だ。触ったなんて？　本当に作り物なの？　でもそうだとしても何故あんな所にあんな物がブラ下がってるのかしら？　考えてもみてよ。

こんな夜中に凄く不気味じゃない？　私はこれ以上は無理、フッチーもういいでしょ？　とにかくもう戻ろうよ。

どうしてもと言うのなら明日、明るい時にもう一度来てみれば？」

流石に観察力は鋭いフッチーであったが、その大胆さにユッキーは呆れ果てた。そして暗い林の中に居たたまれずその場からすぐにでも逃げ出そうとした。

「そりゃあ、そうだ。こんな暗闇じゃ詳しい調査も出来ないしさ」

流石に一人残されたくなくてフッチーも仕方なく弱音を吐いた。足元に気を付けながらソロソロと後ずさりを始めたが、ところがその時うっかりして骸骨のブラ下がっている雑木の下の根っこか何かを強く踏ん付けたらしいのだ。

その途端、

「エエッ？　ユッキー今何か言った？　痛い、痛いって小さな声が聞こえたけど？」

「ウウン、何も言ってないよ。気の所為じゃない？　恐いと思ってるとそんな現像になるかもね？」

確かにそれもそうだと思いながら、フッチーは念の為もう一度同じ場所でギシギシと足踏みしてみた。

「痛い～痛い～助けて～」

するとやはり子供の泣き声の様な苦しそうなか細い呻きが響いてくる。

「エエッ？　何だこりゃ？　空耳じゃないよ。ネエ、ユッキー、今の聞こえたよね？」

「知らない。知らない。風の音じゃないの？

フッチーったら、ブラ下がってる骸骨といいやっぱりここ恐いよ。その内人魂も出そう。もう先に行くからね！」

ユッキーはその声には気付かなかったらしいが、暗い恐怖の林からまっしぐらに逃げ出してしまった。亡霊じゃなくても変質者とかが隠れていそうで襲われたら大変だとも思ったからだ。

フッチーもそんなただならぬ様子を見て急に怖気付き、自分も慌ててユッキーの後を一目散に追ったのである。

「オヤッ、お二人共お帰り。何か顔色が悪いけど今まで何処にいたの？　さっきからずっと捜してたんだよ」

ゼイゼイ言いながらやっと広場のキャンプファイヤーに戻ると、素笛が怪訝そうな顔で二人を待ち受けていた。一難去っても又一難だった。

「エッ、イヤ、その、単なる腹熟しのお散歩よ。二人で湖の周りをちょっとだけグルリとね」

フッチーは苦し粉れの言い訳をしたが、目はヘラヘラと笑っていて素笛にはすぐに察しが着いたのだろう。

「あれ程危険だから勝手な行動はしない様にと言ったのにあの林の中に入ったんだ

ね？」

「エーッ、ヤッパリバレちゃった？　ゴメンナサイ、
つい出来心で、でもズバリ言うと思ったより収穫というか凄い発見もあったので今からちょっとだけ話聞いて貰っていい？」

素笛が心配してくれていたのは承知の上だったが、こうなった以上今見聞きした林での奇妙な出来事を黙っている訳にいかなかったのだ。

「骸骨？　それってやっぱり何処にでもありそうな真夏の夜の怪談じゃないか？　亡霊など僕から聞いた先入観があるから木の葉が骸骨に見えたり、風の音が子供の声に聞こえたんだろう。とにかく全くムチャだよ。怪我がなく無事でよかった。悪い夢を見たと思って今夜はコテージで寛ぎゆっくり休みたまえ」

ユッキーは何も言えず横でフンフンと相槌を打つばかりだったが、フッチーの一方的な早口言葉は結局忙しい素笛を納得させられなかったのだ。

ヤンチャな弟子達の世話に追われて大わらわなのにフッチーにも散々振り回され可成り疲れていた様子で、それも致仕方ない事実だった。

「それじゃあ二人共ゆっくりお風呂にでも入ってもうお休み。僕は今から火の後始末をするから明日又ね」

素気ない態度が空しいし恨めしくさえ感じる。

「ア〜ア、カレーで折角ポイント稼いだのに又嫌われちゃったみたい。何かドッと疲れが出たわ、仕方ない。確かリュックの中にクッキーが少し残ってる筈。それでも食べながら今夜はもう寝ようか？」

「クッキーはいいけど、そうしようか？　だけど。そうガッカリしなくても明日又もう一回彼にリベンジ、再チャレンジしてみればいいんじゃない？　大丈夫よ」

二人してああだ、こうだとブツクサ言いながらコテージに戻った。そしてその夜は高原ならではの最高の涼しさを満喫してグッスリ心地よく、就寝したのであった。


やがて翌朝七時頃であったが、誰かがトントントントンとコテージのドアを叩いている。

その音に気付き先に目覚めたのはユッキーで、一体誰だろうと思いムックリ起き上がった。

「朝早く申し訳有りません。隣のコテージの緑川ですが宜しければこのプリンスメロンと水羊羹召し上がって頂けませんか？

私達今からコテージを引き上げるので荷物になりますし」

緑川母娘が帰り仕度をしてドアの前に立っていたのだ。

「アラッ、どうも有り難う御座います。でもいいんですか？　遠慮なくこんなに頂いてしまってても？」

「ハイ、本当ならもう二〜三日は滞在予定でしたが昨夜から急に真由美の体調が悪化してしまいまして。一旦帰宅して心療内科へ連れて行こうと思いまして」

「エッ？　真由美ちゃんを心療内科へですか？」

「それが、昨日高原をアチコチ散策している内は気分も晴れて元気そうだったのですが、夕方になってからキャンプファイヤーに誘って頂きまして」

「アア、そうなんですか？　私達も少しの間近くで見ていましたが？」

「燃え上がる火を囲んで若い皆さん、ダンスをしたり歌ったり、真由美もそれを見て楽しそうでした。それから暫くしてからなんですよ。

急にその場に踞り頭を抱え泣き出してしまったのです。

『お母さん、精輝が呼んでるよ。痛い、痛い、僕はここにいるよ〜、助けて〜って』

などと半狂乱になって叫び出したんですよ。

『エッ、何を言ってるの真由美、精輝が呼んでるなんて本当？　そんな可笑しな？』

私は驚いて詳しく問い正そうとしましたが何も言わずただ泣くばかり。

人目もあるからと真由美を抱き抱える様にしてコテージに戻り、その後は泣き止んで死んだ様によく眠ってしまいました。けれど朝六時に起こしてみるともう昨夜の記憶はなく何も覚えていないと言うのです。心配なのでとにかく自宅へ帰り早く病院へ連れて行こうと」

波江がそこまで話した時である。

「エーッ、何ですって？　私は覚えてるよ。痛い、痛い、助けてーって。真由美ちゃんにも同じ様な声が聞こえたんですって？　ならやっぱりあれは空耳じゃなかったんだ！」

波江の話の途中でコテージの中からフッチーが金切り声を上げた。外から話し声が聞こえ慌てて飛び起きてきたのだ。

「アッ、どうも緑川さんお早う御座います。それで真由美ちゃんがその精輝君の声を聞いたというのは何時頃なの？」

「何時頃かと言われてもはっきりは？　ただその時キャンプファイヤーの火は半分以上燃え上がっていたので八時前後だったでしょうか？」

真由美は黙って頂垂れていたがその代わりに波江が神妙な顔付きで答えた。

「その時丁度私とユッキーは席を外していたけど八時頃ならやっぱり同時刻だよ。茶臼山湖の林の中で私も聞いたんだ。幼児みたいな声を」フッチーは尤もらしくユッキーに目配せした。

「ハアッ、そうね。確かにその頃フッチーは何かの声を聞いたって言ってた。だけど同じ声だとしたらあそこからキャンプファイヤーの広場までは随分離れてるし？」

ユッキーにしても信じられそうにない奇妙な現象で、話を聞いた波江も首を傾げていた。とはいえもう既に帰り仕度をしていたしゆっくりは話が出来なかったのだ。

「後で又電話をするからお願いします」と言い、互いのスマホ番号を交換し、名残惜し気にその場から立ち去って行った。


「子供達は、今から自主トレーニング又は父兄同伴の自由行動にしておいたので一時間位なら君達に付き合えるよ。二人して差し入れやカレー作りなどに参加してくれたんだ。もう今日帰るんならその気持ちに免じて細やかなるお礼になればね」

「ワーッ、有り難う！　昨夜木の枝にブラ下がっていた骸骨といい、真由美ちゃんにも聞こえたという不思議な声といい、あの林の中にはきっと何か意味深な秘密があるのよ。私とユッキーだけでは心細いんだ。だから強くて頼りがいのあるソブ正に是非とも一緒に来て欲しいんだって！」

「何？　又ソブ正って？　マアそれはいいけどこんな真っ昼間からは亡霊も人魂も出ないと思うよ。だけどそんなに行きたいのならフッチーの言う骸骨がブラ下がってるという辺りを一応よく観察してみるか？」

逞しい大の男も目の前にいる美女二人のお煽ての力には弱かった。多忙中にも拘らずフッチーのムチャな頼みを聞き入れてくれたのだ。

そしてその後遂に三人は例の林の奥へと足を踏み入れることになった。

「エーッ、無い！　距離的にみても絶対この辺りだと思ったんだけど？」

「そうよね。だけど昨夜見たあの骸骨の頭は何処にもないじゃん？　明るいと夜来た時と感じも違うけど？」

上からスッポリ被さってきている木の枝葉には昨夜ブラ下がっていた筈の骸骨が見当たらない。

あの後で下にでも落ちてしまったのかとキョロキョロ見回し素笛も一緒に捜してくれていた。だが見つからなかったか、それからすぐのことだった。何処からかガサゴソと下草を掻き分ける音がしてきた。

「ワッ、アレ何だろう？　ヤダーッ、もしや猪とか熊が？」

ユッキーもフッチーも危険を感じ咄嗟にウルトラマン素笛の後に身を隠した。

しかし数秒後、茂みからニョキッと顔を出したのは獣ではなく二十〜三十代らしい若い男達二人だったのだ。

しかもその二人をよく見ると、それぞれの腕の中には昨日目にしたのと同じ骸骨がドッサリ抱えられているではないか。

「エッ?、そ、そんなに沢山? それってもしや昨夜この木の枝にブラ下がっていたのと同じ奴じゃないの?」

意外な展開にフッチーの声もつい上擦っている。

「昨夜? ハア、それならそうだと思いますが何か驚かせたなら済みません。僕等怪しい者じゃあありません。大学のワンダーフォーゲル部OB会なんですよ。ここ数日テントを張っているんですが昨日六時頃から退屈しのぎに肝試し大会を企画しましてね。この骸骨のレプリカを使い、林の中の木につるしたり草や葉の陰なんかに置いたりして会員に恐怖を味わわせ、その面白さを狙いまして。今朝になってからその残骸を回収しているところなんです」

「あらっ肝試し大会? 何〜んだ。そうですか。ワンダーフォーゲルのOB会ね?

僕等はあちらのキャンプ場から来たんですがこの二人の女性が夜の散歩中そのレプ

リカを発見し、何か怪しい事件じゃないか。というのでこうして改めて確認に来たのですがね」

その若者達の話から別に怪奇事件でも何でもないと分かり、素笛はホッとした様子だった。

「だけどそうは言われてもさ。普通に考えればレプリカでも上からブラ下がってれば見た人は気持ち悪いよ。人魂や亡霊が出るって聞いたから態々探りに来たのに、ただの肝試しなんて人騒がせったらありゃしない！」

どちらが本当の人騒がせなのか？　フッチーは自分は棚に上げ不満タラタラである。

「ハア、そうでしたか？　つい身勝手な行動をしてしまいゴメンナサイ。けれど人魂ですか？　人魂と言われてみれば、そう言えば三～四年程前だったと思いますが？」

「エッ、何？　三～四年前のことって？」

フッチーもユッキーもじっと聞き耳を立てた。

「やはり夏休みの中のこんな時期でした。夜八～九時頃、この林の中に灯がボンヤリ見え、クルクル回っていたのを丁度テントの外にいて発見したんです。

その光に注目しているとその内懐中電灯にシャベルを片手に持った男が暗い林の中からコッソリ出て行くのが見えました。テントの向こう側でしたが、月明かりにボンヤリした後ろ姿でも、両腕の派手な竜のタトゥーが目に映り印象的だったので覚えていますよ。その時は夜でしたが高原一帯の清掃管理業者かとも思い別に気にしませんでした。それ以後は一度も見ていませんが、しかし今になって人魂などと言われてみると林の中であの男が所持していた懐中電灯の光だったのではないかと気付いたのです。僕等も勘違いした位ですから」

「フーン、成る程、それでこの辺りの住民が同じ様に勘違いして人魂が出ると噂を立てた？　それならそう言う君達も今までに何度も肝試し大会をして林の中で懐中電灯を回していたんじゃないだろうな？」

「イイエ、イイエ、肝試しは今回だけです。薄暗がりでですが提灯とか懐中電灯は使っていませんよ。本当にお騒がせして申し訳ありません。もう二度とやりませんから」

若者達二人は強そうでガタイのいい素笛を見ててっきり地元警察関係のパトロールだと思い込んだらしい。

「嫌、別に僕はこの話を管理事務所に告げ口するつもりはないよ。大丈夫。だが一応君達の連絡先を教えてくれないか？　その三～四年前の夜に見たという男が気になるからもう少し詳しく聞かせて欲しい」

「ハイ、分かりました。僕はＯＢ会Ａグループの会長で飯山（いいやま）という者ですが、こちらがスマホ番号です。お役に立てることがあれば何時でも協力しますよ。色々と御苦労様です。

　それではもうこれで失礼していいでしょうか？」

　素笛の方は敢えて名乗らなかったが、二人は大量の骸骨を抱えペコペコしながら林の向こう側へ退散して行った。

「流石ね！　やっぱり素笛、ソブ正さんに付いてきて貰ってよかったわよ。フッチー、だけど今の話だとこの林の中から両腕にタトゥーを入れた男が出て行ったそうだけど？」

「ウン、それは三～四年前だと言ってた。でも偶然かな？　ホラ、私達もチラッと見たけどここのキャンプ場に来る途中、威嚇してきたサングラス男も腕に派手なタトゥーを入れてたわよね？」

「そうよ。あの時は凄く恐くてフッチーは警察に通報するって言ってたわ。それは止めたけど車のナンバープレートは控えていたんじゃない？　それも後々の為にソブ正じゃなくて素笛さんに教えておいた方がいいかもよ」ユッキーまでが何時の間にかソブ正と呼んでいる。

「そうだね。あの男何か異常に悪質そうに見えたから」

タトゥーの男が全て怪しいという訳でもない。しかしフッチーは昨日キャンプ場に来る途中出会した男や、その時の事情を素笛に詳しく説明してみた。

「へーッ、そんなことが？　事故にならずによかったが、車両ナンバーを控えていたとは感心だよ、しかし、今のところまだ全てが闇の中でクエスチョンマーク、フッチーが聞いた声は何なのか？　人魂の噂といい、何処までが真実かも全く分からない。林の中から出てきた男についても、フッチー達を威嚇したタトゥー男と同一人物かどうかなど、疑ってもキリのない話だ。証拠もないのに勝手な憶測はよくないしな。マア、それは後で考えるとして今日はこの位で引き返そうじゃないか？」

素笛も眉を顰め暫く頭を捻っていたが林に入ってからもう一時間は過ぎていた。子供達がテントの中で騒ぎ出している頃だ。

だがそれにも況して厄介なアラフォーお嬢様達である。二人を急がせその場からサッサと後戻りせねばならなかった。とはいえ何時の間にかミステリーマニアである二人に触発され、それとは知らず自分もミステリーの淵にどっぷりと浸かっていたのである。

「アラ嫌だ。フッチー、もう十時過ぎてるよ、そろそろ帰らないと。何だかずっと落ち着かない陣中見舞いだったね。だけどこれ以上素笛さんの邪魔は出来ないし。それに見て！　空の雲行きも怪しいよ。

昨日からの大型大風接近の警報がさっき出たみたい」

「そうだよ。忙しくて私もそれを忘れてた。本当は昨夜林の中に聞こえた奇妙な声、同じ声を真由美ちゃんも聞いたというからその原因の調査をしたかったんだけどそれはもう仕方ない。時間がないから諦めるわ」

一旦コテージに戻ってから二人でそう話し合った。どっちみち午前中には素笛とキャンプ場に別れを告げ出発する予定だったのだ。

朝緑川さんに頂いたプリンスメロンと水羊羹もさっきフッチーがテントの子供達に差し入れてきたし、今やバッグの荷物は減りリュックも軽い。意気揚々とも行かなかったが二人はコテージを出てキャンプ場のテントをもう一度覗いて見た。すると肝心の素笛がいない。聞けば彼は台風状況を心配して管理事務所へ相談に行っているという。

そんな事情だったのでフッチーはその時運悪く愛しのソプ正には会えなかった。その代わりに小中学生の弟子達が一斉に手を振り「お姉さん達、さようなら」と名残を惜しんでくれたのだ。

「皆さん、お世話になりました。正人先生に宜しくね。御機嫌よう！」などとフッチーも作り笑いをしながら、二人はこうして茶臼山キャンプ場を後にしたのであった。

けれどその帰り道はというと驚く程悲惨なもので益々強くなってきた雨風に追い上げられ、車の前面は見えないしフッチーは狭い山道を転がる様な危険運転を強いられた。二人諸共に命辛辛豊田市内の広い道に出られた時は、アア、これで助かったとホッとし胸を撫で下ろしたのである。

それからユッキーを先に家に送って行く途中、素笛からもスマホに着信があったのだ。

「凄い防風雨になったよね。道中フッチーか事故らなかったかと気になって。

僕等も子供達と高台の休暇村本館に避難したから大丈夫だ。時節柄こんな台風もよくあるんだ。無事でよかったよ。とにかく合宿が終わり落ち着いた後、三人でランチでもどう？　今回のお礼に御馳走するよ、じゃあ運転気を付けてね。お疲れさん！」

やはり忙しそうだし素笛らしい無駄のないサッパリした物言いだったがそれも彼の純朴な性格からなのだろう。

「フッチーったらあの様子じゃあとても二人で個人的な話は出来なかったね？　だけ

ど合宿訓練が終わった後ランチに誘ってくれるんだって？　なら婚活も一歩前進して大成功だわ。フッチー遂に、ヤッタネ！

これからも沢山協力するから私にも声を掛けるべしよ。じゃあお疲れさん」

ユッキーも可笑しそうにクスクス笑いながらそれだけ言うと、慌ててフッチーの車を降り自宅に駆け込んで行った。

結局今回もロベルトを招待した蒲郡市の竹島同様、超多忙なお疲れさんの一泊となってしまったのである。

やがて翌朝になると、一昼夜吹き荒れて可成りの被害が心配された台風もそれ程でもなく呆気なく無事に通過して行った。

恐ろしい程空を覆った黒雲も今はスッキリと一掃され眩しい朝日が覗いている。

けれど通常通り会社通勤を始めたＯＬ、ユッキーの場合胸の内は何故かそうは行かずどんより曇ったままなのだ。

その理由は例の遠距離恋愛中の恋人、フランス人刑事（デカ）であるロベルトからここ一～二ヶ月間何の音信もないからなのだ。

彼が以前、麻薬密輸団組織を追跡し日本にフライトして来た時、その仕事上で大阪城行きバスツアーに潜伏し、ユッキー、フッチーと乗り合わせた。それが御縁で彼とユッキーはラブラブな関係に発展し、又その後の招待でフランス、ヴェルサイユ宮殿をフッチーと共に訪れた。そしてそのお返しにと、今度はロベルトに愛知県内の人気温泉街、蒲郡市内のホテルに来て貰った。そして竹島橋ではユッキーと二人でのデートとなった。

それも事件絡みなので、束の間のデートであったが。それ以後は全く出会うチャンスもなく近頃は彼のスマホも留守電か電源オフ状態のまま連絡が取れなくなっていたのだ。

流石に心配になったユッキーは茶臼山行きの数日前には彼のアパルトメントに向けエアメールを一通郵送してみた。

けれどそれから二週間経つが未だに梨の礫なので溜め息ばかりだ。フッチーには何も言わず楽しそうに振る舞っていたが内心は気分の重い状態を引き摺っていたのである。

けれどその後暫くしての夜十時頃であった。

「今晩は。ユッキー、昼間メール入れといたけど見てくれた？　返事が遅いから待ち切れなくてこっちから電話したよ。ソブ正が言ってたでしょ？　この間の差し入れのお礼にラーメンランチ奢ってくれるんだって。

今度の日曜ならユッキーも大丈夫だよね？」

「エエッ、そうだったの？　うっかりしてメールまだ見てなかった。ゴメン」

「うっかりして？　しっかり者のユッキーにしては駄目じゃん？　元気なさそうだけど台風の後、季節の変わり目で風邪でも引いた？」

「ウウン、それは大丈夫よ。心配してくれて有り難う」

「ならいいけどさ、彼ん家の近くに最近超美味しいラーメン屋さんが出店したんだって。北海ラーメンとかいうんだけどさ」

「フーン、ラーメンなんてデートにしてはロマンチックじゃなさそうだわ。それに道産子ラーメンじゃなくて北海ラーメンなのね？」

　ユッキーは何故か面倒臭そうな言い方だ。

「ウン、道産子でも北海でも札幌でもどっちでも同じだよ。私としてはラーメンならソブ正以上に大好物だしさ。とにかく折角誘ってくれたんだから一緒に行くよね？」

「ハアッ？　ソブ正以上に大好物って？　分かったわ。マア、それでいいんなら付き合わせて頂くけど？」

　ユッキーは拍子抜けしたが、ここまできてもフッチーの色気より食い気の悪い癖がちら付いていた。

「じゃあ日曜日十一時前には迎えに行くから宜しくね。お休み！」

フッチーはとても上機嫌だったがユッキーはロベルトの様子ばかりが気掛かりで余り嬉しくはなかった。

とはいえ大親友の憧れの彼が席を取る為にラーメン店前で並んでくれる、とまで聞くと今更スッポカス訳にもいかない。これもフッチーの為だと思うと少し責任を感じ、そのお陰で何だか憂鬱感が取れた。友情とはつくづく有り難くしかも不思議なものである。


やがて約束の当日になり、二人は示し合わせて一応のお洒落もし、北海ラーメン店へ出掛けて行った。

「オーイオーイ、席はこっちだよ。フッチー、ジャストタイミングだ！」

人ゴミを掻き分け店内を覗くと、キャンプ場の時と同じパターンで素笛が手を振り奥から呼んでいる。

駐車場が満車状態で車を入れるのに何度もグルリと回ったり少々手間取ったので結局十二時丁度になっていた。

「ヤア、先日は有り難う。

それで注文は二人共僕と同じ北海ラーメンランチでいいかな？　御飯は大盛り、中盛り、小盛、チャーハン、どれでも選べるよ。これも僕と一緒で大盛りでいいね？」

『こちらこそお世話になりました』とユッキーがお礼を言う前に先にメニュー表を見て注文を聞いていた。

　早々と店に来て席を取ったので余裕な時間があったし、キャンプ場で見たフッチーの豪快なカレーの食べっ振りも覚えていたらしい。

「ウン、有り難う。それなら私はそれでいいけど、でもユッキーはどうする？」

　フッチーは一応お上品振って、食べられなかったら残すからなどと言い、大盛りにしたがユッキーは流石に中盛りのチャーハンセットをお願いした。

「それはそうとこの間の合宿は台風のお陰で散々だったよ。だけど子供達がテントごと飛ばされなかっただけ幸いだった。フッチー達も無事に帰宅出来たみたいだしホッとしたけどね」

　などと素笛は台風がどうのと言う割には意外に明るい表情で話し出した。その前席の二人はフンフンと調子を合わせ頷いていたが。

「本館に避難して助かったのはいいけどさ。朝起きて外を覗いたらびっくり仰天、茫然としたよ。テントは潰され、辺りの木々は倒れ、葉っぱやプラスチックなど粗大ゴミで其処ら中荒れ放題、全く酷い状態になっていて目も当てられない」

「へーッ私達が帰った後でそんな大変なことになってたんだ？」

「管理人さんも現状に困ってアタフタしていたし、その日は子供達に手伝わせて一日中ボランティアだ。体力を使うのは合宿と同じだからと言い含め高原全体の大掃除をさせた」

「大掃除？　私達も手伝ってあげられず悪かったわ。御免なさい」

平地ではそれ程でもなかったがと思い、ユッキーもフッチーも揃って目を丸くし、驚いた。

「それでだよ。実は話はここからなんだ。手分けしてあの湖の向こうまで、先日三人で入った林の中に突入してみるとだよ、折れて散らばった枝葉の下から骸骨の手足がニョッキリ出ていた。

驚いてスコップを借り木の根っこ付近を掘り起こすと何と二遺体が発見された。そこには一人ずつ、大人と子供の遺体が重なる様に埋められていたんだ。それが発見されたのも前の日の夜の土砂降りで地面が削られたお陰らしい」

「ウワッ、酷い！、それって本当？　なら凄い大発見だわ。でもソブ正、二体って一体誰の？」

「ネエ素笛さん、そういえばその木の根っこ付近ってもしやフッチーが奇妙な声を聞いた辺りとか？」

ユッキーもあの夜の恐怖を思い出し震えながら聞き耳を立てた。

「だと思うけどその二遺体については後から科捜研にＤＮＡ鑑定して貰い、もう結果は分かったんだ。フッチーの想像通り一人は四年前茶臼山高原で行方不明になってた幼児、緑川精輝君。もう一人はやはり同時期に行方を晦ましていたという山寺の修行僧、その二人だったんだよ。しかし仏像は出てこなかったし何故その二人が一緒くたに殺害され埋められる惨事になったのか、その時は警察も皆目見当は付かなかったらしい」

「エーッ、それじゃあやっぱりそうだったんだ。精輝君があそこに？」

「エッ、そ、そんな？　可哀そうに緑川さん達があれ程捜していて生きていて欲しかったのに！」

気丈なフッチーに比べユッキーの声は細かく震え、目は涙で濡れている。

「ちょっと待ってそれも驚くなかれ。その後二～三日前になって警察が連絡して教えてくれたんだ。容疑者が見つかり逮捕されたそうだよ。だからよかったじゃないか？　実はというとあの林の中でワンダーフォーゲル部ＯＢから聞いた男の話と、フッチーが威嚇男の車両ナンバーを控えていたのが確保の足掛かりとなり、二人は同一人物だと判明したんだよ」

「エッ、じゃああの威嚇男が犯人だったの？　何かそんな予感はしたよ」

「大筋から言うとね。先ず山寺の修行僧黒崎(くろさき)なんだが、修行を始めてみると厳しくて耐えられず早くから寺を逃げ出したかったらしい。

そんな時知人の紹介であのタトゥー男館田(はこだ)という闇取引もする古物商に出会い、寺の仏像をコッソリ値踏みして貰った。逃げ出すにしても一文無しでは困る。何とかして金が必要だったのだろう。

そして安く見積もっても四～五十万にはなると告げられ、ある夜寺から仏像を盗み出しそのままトンズラした。

しかし車で迎えに来ていた古物商館田と途中、車内で酷い諍いになってしまったという。

四十万で直接取引をする口約束だったが館田は今は五万円しか手持ちがない。残りは後で渡すという。

金と仏像を交換してすぐに何処かへ高飛びするつもりだった黒崎はそれには承知せず押し問答となった。盗っ人である黒崎の足元を見て強気だった館田は仕方なく走行途中で近くにある茶臼山キャンプ場の駐車場に一旦車を止めた。

しかしそこでも口論は収まらず、今すぐ四十万よこせと口汚く罵る黒崎の口を焦って塞ぎその後結局首を絞め殺してしまった。

深夜とはいえ外に声が漏れ、誰かに気付かれるのを恐れたからなのだろう。

館田は元々悪質な前科者だったらしい。出来心とはいえ寺の宝である尊い仏像を盗み出した黒崎にしてもそこで運が尽きたということだよ」

「へーッ、そんな想定外のややこしい事情があったんだ、どっちもどっちでバチ当たり人間同士じゃん。だけどそのバチ当たりの二人と精輝君がどう結び付き殺されてしまったのか？　そこら辺、一体どうなってるのか教えてよ！　ネエソブ正！」

「マア、マア、待って」と先を急ぐフッチーを宥め、素笛はさらに他から又聞きしたその事件の内容を掘り下げた。

名古屋のとある片隅に店を構える闇古物商館田は、偶々山寺の近くに実家のある土建屋の一人と知り合いだった。実家が寺の檀家だというその土建屋を通して修行僧、黒崎から内密で仏像鑑定の依頼を受けた。

それが今回の殺人事件の発端なのだが、その結果思わぬハプニングとなり、黒崎を殺してしまった。金儲けをしようと企んだ館田は黒崎の遺体処理に困り果てた。このまま帰っても名古屋の繁華街には捨て場所はないし、一刻も早く始末したかった。どうしたものかと気持ちが動揺し、車の外に降りて辺りを見回してみると茶臼山湖の向こう側にこんもりした手頃な林が見える。そこまでは平坦でしかも闇夜の中誰にも気付かれず遺体を引き摺って行けそうな距離でもあったのだ。

館田はそう思い付くと無我夢中で実行に及び、黒崎の遺体を一旦林の深い繁みに隠し枯れ草を被せておいた。『ここなら人は来ないし暫くなら大丈夫だ』と考えた。それから黒の新車、ＢＭＷをぶっ飛ばし猛スピードで名古屋の自宅に舞い戻ったのである。

先ず奪った仏像を倉庫奥の金庫に入れ、懐中電灯とシャベルを一本取り出し車のトランクに放り込み、その後二～三時間だけ仮寝するつもりだった。ところが遺体を隠し何か少しホッとした所為か、急に眠気が襲ってきた。そしてそのまま朝になり目が覚めて気付くと何と八時過ぎになっている。いくら何でもこれでは不味い。キャンプ場の人間に行動を悟られてしまう。そう思い気は急いたが早朝行くつもりの計画を変更した。何時もの様に十時から営業を始め、夕方早目に店のシャッターを閉めその後何食わぬ顔で茶臼山高原へ向かい出発した。

高速を使い二～三時間でキャンプ場に到着したが、時間は八時頃だった。しかし、辺りは静かだし人気がなかった。丁度その夜はキャンプファイヤーもなかったのだ。念の為シャベルだけでなく懐中電灯も肩に提げ、闇雲に黒崎を転がしておいた林の繁みに入って行った。

やや太めの雑木の根元を目印にして、その横にシャベルで穴を掘り、それから黒崎の遺体を放り込もうとした。ところがその僅かの瞬間にである。

「おじちゃん、今日は。今ここで何をしているの？」

背後に幼い子供らしい声が聞こえギクリとした。

ここなら誰にも気付かれないだろうと判断し油断していた館田は万事休す。犯行を見られてしまったと飛び上がらんばかりに驚いた。

薄暗闇の中、館田は振り向いたが、その恐ろしい形相は流石に精輝君の目にはっきり分かり焼き付いてしまったのだろう。

子供心にもハッと危険を感じその場から一目散に逃げようとした、しかし大人の足には到底敵わずそこで大変な悲劇が起こってしまったのである。

館田は精輝君を追い駆け、持っていたシャベルをその頭上に何回も叩き付け無惨にも殺害してしまった。その後の行動は言わずとも推察通りである。

これが縁もゆかりもない全く無関係な二人が動物の死骸同様に扱われ同じ穴に埋め

られてしまったという根因であった。

　それが、四年前の殺人事件の真相であり、その後唯一の証拠品となる黄金の仏像も館田の倉庫から見つかった。売却したかったがそこから足が付くのを恐れ、後数年間はほとぼりが冷めるのを待つつもりだったらしい。

　けれどその事件が発覚したお陰で仏像はやっと日の目を浴び山寺に返上された。住職はそれをとても喜び、罪深い黒崎ではあったが以前はよく働いてくれたのだからと、亡骸を手厚く葬ってやったそうだ。

　勿論精輝君の遺骨も、苦労して四年も捜し歩き対面を待ち望んでいた緑川母娘の元に帰ることが出来た。改めて荼毘に付されたのは言うまでもない。

「そういう訳だよ。ともかく一番の決め手はフッチーの控えておいた奴の車両ナンバーだ。目立つ車だったしな。お陰で迷宮入りにならず星を挙げられたと担当刑事も非常に喜んでいたよ。

　それに噂になっていた亡霊とか人魂の正体だけどね。館田が時々夜中に懐中電灯を持ち遺体を埋めた辺りを確認に来ていたからだ。動物に荒らされたりして発見されるのではないかと酷く恐れていたらしい。

あのワンダーフォーゲル部のＯＢ同様、村人も気味悪がり、館田の人影や懐中電灯の光を見間違えたようなんだ」

「そうなんだ。やっぱりこの事件もナンバーを控えておいた的確な私のお手柄なんだわ。ヤッター、それにしても有り難う。ソブ正がここまで協力してくれるなんて流石だわ。グッドジョブ！」

　フッチーが感激して両手を挙げバンザイでもしようとした時に、やっと長らくお待たせしましたとラーメンセットが運ばれてきた。

「へーイ、お待ちどお、北海ラーメンランチ三丁ね！」

　威勢のいい、ハチマキ・ハッピ姿の男性店員は如何にも北海道というイメージで、ラーメンもボリュームタップリだった。

　何と、その途端、少し潤んでいたフッチーの目から涙は吹っ飛びランランと輝いた。そして同時にお腹もグーッと鳴った。

「そんな訳でね。僕も無関係じゃないし一応事件の解決の報告もしたかったので今日は二人に来て貰いたかったんだ。色々御苦労さんランチということでどうぞ思う存分お食べ下さい」

　親切なる言葉の後さらに彼が別に注文しておいてくれたノンアルコールビールが来

て、三人は大喜びで乾杯した。

楽しいお食事が始まったが、それでもその後ユッキーとフッチーは何や彼や喋くりが止まらない。

「フッチー、今度の事件も思ったよりスピード解決でよかったね。

それにしても悪事は必ず何時かバレるものなのに、寺の仏像をお金に換えようなんてあいつ等はズル過ぎるよね。

ところで今一つ疑問が残ってるわ。あの時フッチーが林の中で聞いたという声はやっぱり亡くなった精輝君の声だったのかしら？　しかも同じ声が真由美ちゃんにも届くなんて信じられないわ。もしかしたらここにいるから早く見つけて欲しいっていうテレパシーとかテレポート？　だとしたら今時不思議なお話よね？」

「アア、その話ね。私って第六感だけでなく霊感も強いのよ。とはいえ私じゃなくても誰かが必死に念じれば魂に通じて偶にはそんな風になるかもよ。私の婆ちゃんが言ってたけどあの世とこの世は四次元か何処かで繋がっているんだっていうしさ」

ユッキーがフンフンと成る程と大真面目に聞いているというのに、お気楽なフッチーはいい加減な返事をしながら素笛と張り合って大盛りチャーハンのお代わりまでしている。

『エエッ？　残すとか言っていたのに全然ロマンチックデートじゃないし？　だけど考え方によっては大食い同士は気の合う証拠、相性のいいカップルといえるのかも？』

　ユッキーもそんな風にポジティブに受け止めて自分はお上品にラーメンを啜り始めた。

　ところがそんな慌ただしい最中に限ってバッグに入っているスマホの着信音がルルルルと鳴り出したのである。

「パードン、コマンタレブ？　ユッキー元気デスカ？」

　何とそれはあの懐しくも恋しい、「ジュテーム」のロベルトからだった。

　ずっと待ち侘びていたのでテンションが上がるのも当然であり、ユッキーはスマホ片手に慌てて席を立ち店外へと突っ走った。

「ロベルトったら酷いわ。ずっと連絡がないから心配してたのよ。一体今までどうしてたの？」

「返事遅レテゴメンナサイ。詳シク言エマセンガポリス本部ニ頼マレロシア、ウクライナ秘密の任務デ行ッテマシタ」

「エッ？　あの戦争で危険なウクライナに？」

「ウイ、携帯モ使用不可デシタケド今日ヤットアパルトメントニ帰リマシタ。最初ニユッキーニ電話シタケドヤット声ガ聞コエテ安心シマシタ」

ロベルトは何度もユッキーに詫びたが、原因が、仕事なので責める訳にもいかない。しかしその他に彼から一つ取っておきの情報を聞かされたのである。

二～三週間後に来日し、京都に行く何かの調査を依頼されたという。

その間数日は余裕があるので何処かで待ち合わせ一緒に食事でもしたいと言ってくれたのだ。

「ウイ、モナムール、ロベルト、メルシー」

勿論即答で承知した。それも大喜びで。

久し振りの会話なのでユッキーは一件落着となった茶臼山高原での事件、フッチーが射止めた婚活相手、素笛についても手短に話した。

ロベルトは驚いてトレヴィヤン、トレヴィヤンと連発していたが、とにかく今は車で移動中なので続きは今度ゆっくりね、と再会の約束をしてくれたのである。それから電話を切って急いで店内に戻ると、既に食べ終わっていたフッチーが首を長くして待ち構えていた。

「アラッ、ユッキー遅い遅い。何してたのよ？　早く食べないとラーメン伸びてるしさ。

それでね。ユッキー、実は今ソブ正から聞いたところなんだけど、来月初めに小中学生の弟子達を連れて京都で開催予定の空手交流試合に参加させるんだそうよ。

それも土曜日だそうだし一緒に京都見学しながら応援に行こうよ。今度はきっとソブ正が京料理位奢ってくれるからさ」

そう言いつつ茶目っ気タップリに素笛にウインクまでして見せたのだ。

「エーッ素笛さんも来月初めに京都へですって？」

びっくりしたユッキーは目をぱちくりさせた。何という偶然か？　フッチーの彼、ソブ正も弟子を引き連れて京都へ出張？

しかもそれはロベルトと約束した土、日を含む時期と合致しているのである。

「ウーン、フッチーそれはトレヴィヤンだわ。でもちょっと待ってね。その話は又後で」

そう言ってからユッキーは大急ぎで目の前の冷えたラーメンを口一杯に頬張った。今や食欲も湧きその味が何とも美味しくてついにんまり幸せそうな笑顔を見せながら。

帰り際には二人して素笛に丁寧に食事のお礼を言ったが、今回も結局超慌ただしいラーメンランチ食事会となっていた。

「フッチーそれであのね。さっきの京都行きの件なんだけど」

素笛を見送った後、ユッキーはロベルトとの会話について色々打ち明けた。詳細についてはまだ先にとしたが、四人で京都旅行と聞いてフッチーも大喜び、諸手を挙げて序でにダブルピースまででした。

「そうだ、ユッキー、私もウッカリ言い忘れてたわ。ユッキーが店の外に出て行った後、戻ってくるのが遅いので待っている間に思い付いてあの緑川さんに電話してみたんだ。そうしたらさ、『その節は大変お世話になりました。生きていると信じたかったので残念ですが、このまま何も知らずクヨクヨするより遺体が見つかり却って諦められてよかったです。

今からは真由美と二人して気持ちを入れ替え、主人や精輝の分までしっかりと前向きに生きていきたいと思います。その方が真由美も元気になれる気がしますし。

宮野さん茶臼山では本当に有り難う御座いました、もうお一人の方、小木原さんにもどうぞ宜しくお伝え下さいね。それではこれで失礼します』

真由美ちゃんも塞ぎ込んでいるかと思ったけど、心を開いてくれてるみたいで安心したよ」

「アア、そうだったのね、私も真由美ちゃんのことが凄く気になってたからフッチーが電話してくれてよかった。有り難う！」

　こうして茶臼山での事件もスピード解決し、緑川母娘の気持ちの整理もやっと付いた様子だ。今後は二人で力を合わせ元気に生きていって欲しい。そう願う他なかった。

　しかしそれはそれで良かったが、ユッキーとロベルトの遠距離恋愛はそう簡単に一件落着とはいかないのが辛い。

　それでもロベルトと素笛の京都行き予定日が重なるとなれば想定外の初めてのダブルデートか？

　おまけに嵐山か何処かで美味しい京懐石なども？

　以心伝心の二人である。互いに顔を見合わせにクックックと笑いが止まらない。

　果たしてそんな夢の様な楽しい計画が実現するのだろうか？　さらなる二人の婚活はこの先で上手く成功するのか？

　そしてミステリーと共に旅するユッキーとフッチーの未来は？

　次回作を請う御期待！　グッドラック！


——完——

著者プロフィール
岬 陽子（みさき ようこ）
愛知県豊田市出身、在住。
「岬りり加」の名で歌手、作詞活動を経てミステリー小説家に転向。
父は今は亡き豊田市の童話作家、牧野薫。
著書
『孤高の扉／終戦までの真実』（文芸社　2014　2編を収録）
『王朝絵巻殺人事件』（文芸社　2016　3編を収録）
『家康の秘密』（文芸社　2018　3編を収録）
『太陽と月のシンフォニー』（文芸社　2019　3編を収録）
『ユッキーとフッチーのミステリー事件簿』（文芸社　2021　2編を収録）
『暁天の橋渡りゃんせ』（文芸社　2022　2編を収録）

家康の秘密　第二弾

2023年５月15日　初版第１刷発行

著　者　岬 陽子
発行者　瓜谷 綱延
発行所　株式会社文芸社
〒160-0022　東京都新宿区新宿1－10－1
電話　03-5369-3060（代表）
03-5369-2299（販売）

印刷所　株式会社暁印刷

ISBN978-4-286-24140-1